KB265845

범우문고 110

나생문(외)

아쿠타가와 류노스케 지음／진웅기 옮김

범우사

다듬어진 보석의 완벽

① 生　　涯

기라성 같은 여러 일본 작가 중에서도 36년의 짧은 생애를 살다간 아쿠타가와 류노스케(芥川龍之介)는 혜성처럼 눈을 끄는 뛰어난 작가가 아닐 수 없다.

그는 1892년 3월 1일, 도쿄에서 태어났다. 진년(辰年) 진월(辰月) 진각(辰刻)에 태어났다고 류노스케(龍之介)란 이름이 지어졌다. 아버지는 니하라 도시조(新原敏三), 목장을 경영하며 우유 생산에 종사하였고 어머니는 후쿠라고 했다. 그래서 그의 본명은 니하라 류노스케(新原龍之介)였다.

그러나 태어난 지 9개월 만에 어머니가 정신이상을 일으켰기 때문에 아기인 그는 외가인 아쿠타가와 가(家)에 맡겨졌다. 외삼촌 아쿠타가와 미치아키(芥川道章)는 시청 토목과(土木課)에 근무하고 있었다. 아쿠타가와 가는 비록 영락은 했지만 전에는 유서 있는 구가 (舊家)였기 때문에 항시 가명(家名)의 체면을 세워야 한다는 분위기가 집안에 감돌았다. 어려서부터 받은 이 영향은 정신이상 유전의 공포와 함께 류노스케의 무거운 짐이 되었다.

11세 때 어머니가 마침내 정신병원에서 세상을 떠나자 그는 정식으로 아쿠타가와 가에 입양(入養)되었다. 이 비극은 예민한 그에게 가혹한 시련이었으리라.

정신이상의 피는 받았지만 뛰어난 재능을 타고난 그는 어려서부터 학교 성적도 우수했다. 이른바 일고(一高), 동대(東大)의 수재 코스를 빛나는 성적으로 나왔다. 중학 시절까지는 특히 역사를 좋아했으며 될 수 있으면 역사가가 되겠다고 생각했다. 그의 소설이 역사소설의 방향을 갖는 것도 여기에 원인이 있다. 그런데 일고에 들어가자 친구들이 거의 문학청년들이었다. 구메 마사오(久米正雄), 기쿠치 간(菊池寬), 마쓰오카 유즈루(松岡讓), 야마모토 유조(山本有三) 등 훗날 문단에서 눈부신 활약을 한 사람들이 급우들이었다. 이들에게 어느덧 영향을 받아 그의 내면에 잠자고 있던 문학적 재능이 눈을 뜨게 되었다.

1914년에 동대로 함께 진학한 그들은 동인잡지 《신사조(新思潮)》(제3차)를 발간했다. 그것은 그 이전부터 지금까지 끊겼다 이어졌다 하며 계속되어온 동대계의 문학잡지다. 거기에 가끔 번역을 싣고 소설을 발표했다. 이듬해 친구에게 이끌려 나쓰메 소세키(夏目漱石)

의 목요회(木曜會)에 출석하여 그의 만년의 제자가 된다. 그러다가 《신사조》에 실은 〈코〉가 이 스승의 절찬을 받은 후로 그의 지위가 확립된다.

"침착하니 덤벙대지 않고, 자연 그대로의 웃음이 저절로 조용히 나와 있습니다. 또 품위가 있습니다. 그리고 소재가 새롭다는 것이 눈을 끕니다. 문장의 요점이 잘 잡혀 있고 잘 다듬어져 있습니다. 감탄했습니다. 앞으로 이만한 것을 2, 30편 쫙 늘어놓아 보시오. 문단에서 유례 없는 작가가 될 것입니다……."

이 예언이 들어맞아 그는 정말 '유례 없는 작가'가 되었다.

② 思想과 文學

그가 〈코〉를 발표한 것은 1916년이었다. 유럽에서는 이른바 세기말(世紀末)의 경향이 아직 계속되고 있었다. 사회적·개인적 도덕이 무너지고 퇴폐적인 기운이 넘치고 있었다. 그가 일고에서 애독한 것은 보들레르, 스트린드베리, 아나톨 프랑스 등이었는데, 인생에 회의를 가지며 향락이나 냉소(冷笑)를 무기로 삼던 세기말적 기풍은 그렇지 않이도 괴민한 신경의 그에게 결정적 영향을 주었다. "인생은 한 줄의 보들레르만큼도 못하다"는 유명한 구절이 유고(遺稿) 작품 〈어떤 바보의 일생〉 첫줄에 쓰인 것이지만 류노스케에게는 인생이 참으로 덧없고 그만큼 예술이 존귀했던 것이다. 유전의 공포와 환경과 이런 문학관에 의해서 그의 인생관은 더욱 어두워졌고 그 작품은 더욱 아름답게 다듬어졌다. 그의 작품은 읽을수록 완벽한 아름다움을 느끼게 한다. 구성, 문장——그는 문장에 얼마나 피나는 노력을 기울였는가——도 티없는 주옥일 뿐 아니라 인생을 들여다보는 그의 뛰어난 지력(智力)에는 그저 경탄을 금할 수 없다.

인생보다도 예술을 더 소중하게 생각한 그는 자기 얼굴을 항상 작품 뒤에 숨기려고 했다. 그의 역사소설의 소재도 자기 모습을 가리기 위한 분장이었다. 역사상의 인물을 객관적으로 그리는 체하면서 결국은 그것을 통하여 간접적으로 자기를 말하고 있었던 것이다.

"불행히도 나는 알고 있다. 거짓말에 의하지 않고는 말할 수 없는 진실도 있다는 것을." (난쟁이의 말)

그는 역사 속에서 하나의 테마, 하나의 재미있는 이야기를 골라서 자기 손으로 변형을 가하면서 소설을 썼다. 그러나 작품마다 새로운 경지를 개척해 나가면서 그는 넓게 역사를 들추어 재미있는 이야기를 찾아내야 한다. 이런 테마 소설이나 줄거리의 재미란 언젠가는 길이 막히게 마련이다. 뒤이어 새로운 분야가 개척되고 수많은 명작이 나왔으나 어느덧 그의 작풍(作風)은 일종의 매너리즘에 빠져들지 않을 수 없었다. 그래서 탈출을 희구하여 사실적(寫實的)인 작품을 쓰기도 했으나 이렇다 할 성공을 거두지 못했다. 인생을 부정적으로 생각하고 예술만을 의의 있는 것으로 생각하던 그는 막다른 길에 들어선 것을 느꼈다.

그의 건강은 차차 쇠약해져 신경쇠약·불면증이 계속되고, 수면제를 과용하기 때문에 위경련·장카타르·심계항진(心悸亢進) 등이 병발했다. 그런 절망적인 병과 싸우면서도 사후에 남길 것으로 〈톱니바퀴〉 등의 작품을 썼다. 그러다가 1927년에 36세의 생애를 스스로의 손으로 마쳤다.

③ 作　　品

〈羅生門〉

24세 때 쓴 작품으로 대학 3년 때의 것이다. 그의 처녀작으로 볼 수 있으리라. 예술적으로 완성된 뛰어난 작품이라는 것을 읽어만 보아도 금방 알 수 있다. 출발과 동시에 이만큼 결점 없는 예술품을 창작해냈다는 것은 그의 문학적 재능이 얼마나 뛰어났는가를 말해준다.

황폐한 라쇼몬(羅生門)에서 신분이 천한 한 사나이가 저녁에서 밤중에 걸쳐 경험한 이상한 사건이 간결하게 그려져 있다. 그 치밀한 구성이며 침착한 묘사력은 청년의 작품으로 믿기 어렵게 만든다.

소재는 그가 애독한 《곤자쿠 모노가타리(今昔物語)》 29권에 있는 이야기라고 한다. 거기에서 도적이 라쇼몬 다락 위로 올라가보니 한 노파가 시체의 머리카락을 뽑고 있다. 따져 물으니까 자기의 남편이 죽었는데

10

이것을 뽑아 가발을 만들겠다고 했다. 도적은 죽은 자의 옷과 노파의 옷을 빼앗아 달아났다는 이야기였다. 그는 여기에다 근대적인 해석을 붙여서 인간의 에고이즘을 날카롭게 파헤친다. 먹느냐, 먹히느냐의 곤경에 빠졌을 때 인간은 결국 자기밖에 생각지 않는 것이라고 하는 그의 인간관이 나타나 있다.

〈코〉

뒤이어 발표된 작품이 〈코〉로서 그의 문단적 지위가 확보된 작품이다. 가늘고 긴, 순대처럼 늘어진 코를 가진 중이, 뭇사람들의 존경을 받는 위치에 있으면서도 항상 신경을 쓰는 것은 자기의 코였다. 그 고민스런 심리가 품위 있는 유머를 담으며 그려졌다.

소재는 역시 《곤자쿠 모노가타리》 28권에 있는 이야기에서 따온 것이라 한다. 주인공의 5, 6치나 되는 코를 뜨거운 물에 담그었다가 밟게 했더니 차차 짧아졌는데 조금 지나자 다시 예전처럼 길어진다는 것이다. 이 우스운 이야기를 갖다가 근대인다운 자부심을 가진 인간으로 그렸다.

작자는 한편으로는 이 불쌍한 고승의 마음에 일종의 멸시를 느끼면서 다른 한편으로는 그런 마음은 자기에게도 공통된 인간성의 약점으로 인정하지 않을 수 없다는 데 이 작품의 특색이 있다고 하겠다.

〈杜子春〉

당(唐)의 정환고(鄭還古)의 〈두자춘전(杜子春傳)〉에 의거해, 그것을 동화(童話)로 고쳐 쓴 것이라지만 성인이 읽을 동화라고 할 만큼 예술적 향기가 높은 작품이다.

부잣집 아들로 태어났으나 영락하여 자살까지 생각하는 두자춘에게 뜻밖에도 거금이 굴러들어온다. 그러나 온갖 사치를 다하는 동안 두자춘은 섣불리 돈이 있었기 때문에 인간의 무정한 마음을 보게 된다. 이렇게 갖가지 시련을 겪는 동안에 그의 마음은 인간 본래의 혼이란 것을 자각하게 된다. 천재의 길을 가려던 류노스케는 조용히 이 세상 한구석에서 "사람답게 정직하게 살고 싶다"고 절실하게 바라게 된 것이라고 할 수 있다.

〈밀차〉

소년의 밀차에 대한 심리가 참으로 깨끗하게 그려졌다. 그러나 마지막 몇 줄을 보면 이것은 '세진(世塵)에 시달린' 주인공의 회상이지 단지 소년 중심의 이야기가 아님을 일 수 있다. 이 이야기는 도쿄의 중심가에서 유년시대를 보낸 그 자신의 경험이 아니라고 한다. 누군가 다른 사람의 이야기를 근거로 쓴 것이라는데도 이렇게 생생하게 실감을 살린 그의 문학적 재능에는 새삼 놀라지 않을 수가 없다. 중학교 교과서에 흔히 실리는 이야기다.

역사물(歷史物)을 주로 쓰면서 작품마다 눈부신 성과를 거두던 그였으나, 차차 매너리즘에 빠져서 답답한 느낌에 눌리었다. 여기서 현대의 모습을 사실적으로 그리는 작품을 시도하게 되는데 그 첫 작품이 이 작품이다. 어린아이의 동작이나 심리가 스케치 풍으로 매우 밝게 묘사되어 미소를 자아내게 한다.

〈덤불 속〉

기교가 많이 가해진 작품이다. 남편 앞에서 아내가 다른 남자에게 강간당하는 끔찍한 사실만을 《곤자쿠 모노가타리》에서 빌려다가 창작을 많이 가한 작품이다. 남편의 시체를 둘러싸고, 누가 그를 죽였느냐에 대해서 도적·여자·남자 셋의 말이 저마다 다르다는 점에 구상의 중심이 놓였다. 결국 이 소설의 테마는 어느 사건에 대하여 당사자 자신들도 여러 해석이 있을 수 있다는 것, 인생의 진상이란 것은 대개 그 일단만이 잡힐 뿐 전체가 잡히기 어렵다는 것, 사람마다의 감정이나 심리에 따라 여러 모습으로 나타날 수 있다고 생각하는 것이라 하겠다. 역시 작자의 회의적인 인생관이 스며나온 작품이다.

〈地獄變〉

이 이야기에서 그는 예술과 도덕의 상극이라는 그 자신의 가장 통절한 문제를 중심으로 삼았다. 화가 요시히데는 마침내 자기가 바라던 걸작을 완성할 수 있었다. 그러나 그러기 위해서는 가장 사랑하는 자기 딸의 생명이 희생되어야 했다. 그림을 다 그리고 나서 일단 도덕적인 마음으로 되돌아가자 그는 목을 매지 않을 수 없었다.

이것은 아쿠타가와가 예술가로 살면서 동시에 인간으로서 살아가는 방식을 암시한다고 하겠다. 어쨌든 그는 이 작품에서 종횡무진의 재능을 휘둘러 처참하고 괴이한 이야기를 눈부실 만큼 아름다운 색채로 그려내어 그의 수많은 '역사물'의 대표작으로 만들어 놓았다.

이 밖에 그의 대표작으로는 〈고구마 죽〉·〈거미줄〉·〈담배와 악마〉·〈방황하는 유태인〉·〈하동(河童)〉·〈톱니바퀴〉 등이 있다.

□ 參 考
① 芥川龍之介, 吉田精一者 , 新潮社
② 芥川龍之介研究, 大正文學研究會, 阿生書房

陣 雄 基 (隨筆家)

차 례

羅 生 門

어느 날 해질 무렵이었다. 하인배(下人輩)로 보이는 한 사나이가 라쇼몬(羅生門)[1] 아래서 비가 그치기를 기다리고 있었다.

넓은 문간에는 이 사나이말고는 아무도 없었다. 다만 여기저기 단청이 벗겨진 커다란 원기둥에 귀뚜라미 한 마리가 앉아 있을 뿐이었다. 라쇼몬이 스자쿠 오지(朱雀大路)에 있는 이상, 이 사나이말고도 이치메 가사(市女笠)[2]며 모미에보시(揉烏帽子)[3] 차림을 한 사람이 두세 명은 더 있을 법하다. 그런데 이 사나이 외에는 아무도 없었다.

왜냐 하면 2, 3년 동안 교토(京都)[4]에는 지진이며 폭풍이며 큰 불, 기근 같은 재화가 잇따라 일어났다. 그래서 기리는 말할 수 없을 정도로 황폐했나. 옛 기록[5]에 의하면 불상(佛像)이나 불구(佛具)를 쪼개서, 붉은 칠이나 금은박(金銀箔)이 붙은 채 길가에 내다 놓고 땔감으로 팔았다는 것이다. 온 장안이 이 모양이니 라쇼몬의 수리 따위는 누구 하나 돌볼 사람이 있을 턱이 없었다. 그러자 그 황폐한 틈을 타서 여우나 너구리가 와서 살고 도둑이 숨어 살았다. 마침내는 연고자가 없는 시체를 이 문에다 갖다버리는 습관마저 생기게 되었다. 그래서 해만 지면 무서워서 아무도 이 문 가까이에 발걸음을 하지 않게 된 것이다.

그 대신 또 어디서 왔는지 까마귀떼가 수없이 모여들었다. 낮에 보면 많은 까마귀들이 원을 그리며 용마루 끝 왕기와 둘레를 울면서 맴돌고 있었다. 더욱이 지붕 위의 하늘이 저녁놀에 벌겋게 탈 때면 그것들이 깨를 뿌린 것처럼 또렷하게 보였다. 물론 까마귀는 다락 위에 버린 시체를 쪼으러 오는 것이다. 그러나 오늘은 시간이 좀 늦은 탓인지 까마귀는 한 마리도 보이지 않는다. 다만 여기저기 무너져가고, 그래서 무너진 틈새에 길게 풀이 자란 돌층계 위에 점점으로 희게 말라붙은 까마귀똥이 보인다. 하인은 일곱 단 돌층계의 제일 윗단에 앉아서 색바랜 남색 웃옷의 뒤쪽을 추켜올리고 걸터앉아 오른쪽 볼에 생긴 커다란 여드름을 만지작거리며 멀거니 비를 바라보고 있었다.

나는 아까 "사나이가 비가 그치기를 기다리고 있었다"고 썼다. 그러나 사나이는 비가 그쳐도 별 이렇다 할 목적이 없다. 평소 같으면 물론 주인집으로 돌아갈 것이다. 그러나 그 주인으로부터는 4, 5일 전에 해고되었다. 앞에서 말한 것처럼 당시 교토의 시가는 말할 수 없이 황폐했다. 지금 이 하인이 여러 해 섬기고 있던 주인으로부터 해고된 것도 실은 이 황폐한 세태의 작은 여파에 지나지 않는다. 그러므로 "사나이가 비가 그치기를 기다리고 있었다"고 하기보다 "비에 갇힌 사나이가 갈 곳이 없어서 앉아 있었다"고 하는 것이 맞겠다. 게다가 그날의 하늘 모양도 이 헤이안조(平安朝)를 사는 사나이의 센티멘털리즘에 적잖이 영향을 주었다. 신시(申時) 후반[6] 무렵부터 내리기 시작한 비는 아직도 갤 기미가 보이지 않는다. 그래서 하인은 무엇보다도 당분간 어떻게 지낼 것인가 하고—— 말하자면 어떻게도 할 수 없는 일을 어떻게든 해보려고 종잡을 수 없는 생각을 더듬으면서 아까부터 스자쿠오지에 내리는 빗소리를 망연히 듣고 있었다.

비는 라쇼몬을 에워싸고 멀리서부터 좌악 하는 소리를 몰고 온다. 저녁 어스름으로 하늘이 차차 낮아져서, 쳐다보면 지붕은 뾰족하게 내민 처마 끝에 무겁고 어두운 하늘을 떠받치고 있었다.

어떻게도 할 수 없는 일을 어떻게든 해보기 위해서는 수단을 가릴 겨를이 없다. 그것을 가리다간 굶어서 담 밑에나 길바닥에 쓰러져 죽을 뿐이다. 그러면 이 문 위로 실려와서 개처럼 버려지게 마련이다. 그러니 가리지 않는다면 —— 하인의 생각은 같은 길을 수없이 맴돌던 끝에 마침내 이 대목에 마주쳤다. 그러나 이 '않는다면'은 아무리 시간이 지나도 결국 '않는다면'이었다. 하인은 수단을 가리지 않겠다는 것을 긍정하면서도 이 '않는다면'을 처리하기 위해서는 마땅히 그 뒤에 올 '도둑질을 할 수밖에 없다'는 것을 적극적으로 긍정할 용기를 내지 못하고 있는 것이다.

하인은 재채기를 크게 하고 귀찮다는 듯이 일어섰다. 날이 어두워지면 기온이 내려가는 교토는 벌써 화로가 그리울 정도로 추웠다. 바람이 문설주와 문설주 사이를 저녁 어둠과 함께 사정없이 불어젖혔다. 단청의 기둥에 앉아 있던 귀뚜라미도 어느 새 어디론가 가버렸다.

하인은 목을 움츠리면서 누런 땀받이 위에 겹쳐 입은 남빛 웃옷의 깃을 추켜올리고 문간을 둘러보았다. 비바람이 들이칠 염려가 없고, 사람들 눈에도 띄지 않는, 하룻밤 편하게 잘 수 있는 곳이 있다면 어쨌든 거기서 밤을 지내야겠다고 생각한 것이다. 그러자 다행히 문 위 다락으로 오르는 폭이 넓은, 역시 단청을 한 사닥다리가 눈에 띄었다. 위에 사람이 있다면 어차피 죽은 사람뿐일 것이다. 하인은 허리에 찬 허름한 칼이 칼집에서 빠져나오지 않게 조심하면서 짚신을 신은 발을 그 사다리 맨 아랫단에 올려놓았다.

그로부터 몇 분 뒤였다. 라쇼몬의 다락으로 오르는 폭넓은 사닥다리 중간에 한 사나이가 고양이처럼 몸을 웅크리고 숨을 죽이며 위의 동정을 엿보고 있었다. 다락 위에서 새어나오는 불빛이 희미하게 그 사나이의 오른쪽 볼을 비치고 있었다. 짧은 수염 속에 벌겋게 고름이 잡힌 여드름이 있다. 하인은 처음 이 위에 있는 자는 죽은 사람뿐이라고 건너잡고 있었다. 그런데 사닥다리를 두세 단 오르자 위에서 누군가 불을 밝히고 있으며 더구나 그 불이 이리저리 움직이고 있는 것 같았다. 흐릿한 누런 불빛이 구석마다 거미줄이 쳐진 지붕 밑을 흔들리며 비치고 있었기 때문에 바로 그런 줄 안 것이다. 이 비오는 밤에 이 라쇼몬 위에서 불을 밝히고 있는 이상에는 그것은 보통 사람이 아니다.

하인은 도마뱀붙이처럼 발소리를 죽여가며 가까스로 가파른 사닥다리를 맨 윗단까지 기듯이 올라갔다. 그리고 몸을 최대한 납작 붙이고 목은 될수록 앞으로 내밀고 두려움에 떨면서 다락 위를 들여다보았다.

보니까 다락 위는 소문에 듣던 대로 시체 몇 구가 아무렇게나 나둥그러져 있는데 불빛이 미치는 범위가 생각보다 좁기 때문에 그 수는 알 수가 없었다. 다만 희미하게 알 수 있는 것은 그 중에는 벌거벗은 시체와 옷을 입은 시체가 있다는 점이다. 물론 거기에는 여자와 남자가 뒤섞여 있는 것이다. 그리고 시체들은 모두 그것들이 지난날 살아 있는 사람이었다는 사실조차 의심스러울 만큼 흙으로 빚은 인형같이 입을 벌리거나 팔을 축 늘어뜨린 채 바닥에 나둥그러져 있었다. 어깨나 가슴 같은 좀 높은 부분이 희미한 불빛을 받아 낮은 부분의 그늘을 더욱 어둡게 하면서 영원한 벙어리처럼 침묵을 지키고 있었다.

하인은 그 시체들에게서 풍기는 썩은 냄새에 얼른 코를 가렸다. 그러나 다음 순간 그의 손은 벌써 코를 가리는 것을 잊고 있었다. 어떤 강한 호기심이 이 사나이의 후각을 거의 전부 앗아가버렸기 때문이다.

하인의 눈은 그때야 비로소 시체 사이에 웅크리고 앉아 있는 사람을 본 것이다. 검은 자주빛 옷을 입은 몸집이 작고 마른, 머리가 하얀 원숭이 같은 노파였다. 그 노파는 오른손에 불을 붙인 솔가지를 들고 그 시체 중의 한 얼굴을 살피듯이 바라보고 있었다. 머리가 긴 것으로 보아 아마 여인의 시체이리라.

하인은 60퍼센트의 두려움과 40퍼센트의 호기심에 이끌려 한동안은 숨쉬는 것도 잊고 있었다. '온몸의 털이 쭈뼛 곤두서는' 느낌이었다. 그러자 노파는 솔가지를 마루 틈새에 꽂고 그때까지 들여다보고 있던 시체의 머리에 두 손을 대고는 마치 원숭이 어미가 새끼의 이를 잡아주듯이 그 긴 머리카락을 하나하나 뽑기 시작했다. 머리카락은 손만 대면 뽑혀나오는 것 같다.

머리카락이 한 올씩 뽑힐 때마다 하인의 마음 속에서는 두려움이 조금씩 사라졌다. 그와 함께 이 노파에 대한 격렬한 증오심이 조금씩 싹터갔다 ——아니 이 노파에 대해서라고 하면 어폐가 있을지 모른다. 차라리 모든 악(惡)에 대한 반감이 매순간 강도를 더해간 것이다. 이때 누군가가 이 하인에게 아까 문 아래서 그가 생각하던 굶어 죽느냐 도둑질을 하느냐 하는 문제를 새로 끄집어낸다면 아마 하인은 아무 미련도 없이 굶어 죽는 쪽을 택했을 것이다. 그만큼 이 사나이의 악에 대한 증오심은 노파가 마루에 꽂아 놓은 관솔불처럼 기운 좋게 타오르고 있었던 것이다.

하인은 물론 노파가 왜 죽은 사람의 머리카락을 뽑

는지 알 수가 없었다. 따라서 그것을 선악(善惡)의 어느 쪽으로 해석해야 할지 합리적으로 알 수가 없었다. 그러나 사나이로서는 이 비오는 밤에 이 라쇼몬 위에서 시체의 머리카락을 뽑는다는 것만으로도 이미 용서할 수 없는 악이었다. 물론 사나이는 방금 자기가 도둑이 되려던 심산이었다는 것은 까맣게 잊고 있었다.

그래서 사나이는 두 발로 사다리를 차며 비호같이 위로 뛰어 올라갔다. 그리고는 가죽도 입히지 않은 칼자루를 손으로 잡고 성큼성큼 노파 앞으로 다가갔다. 노파가 놀란 것은 말할 것도 없다.

노파는 흘끗 사나이를 보자 마치 석궁(石弓)에 퉁긴 돌처럼 벌떡 일어섰다.

"요게 어디로 달아나!"

하인은 노파가 당황하며 시체에 걸려 넘어지면서 달아나는 앞을 막아서며 이렇게 외쳤다. 노파는 그래도 하인을 밀어제치고 가려고 한다. 하인은 또 그를 못 가게 떠민다. 둘은 시체들 속에서 서로 붙잡고 한동안 말없이 싸웠다. 그러나 승패는 처음부터 빤한 일이다. 하인은 마침내 노파의 팔을 비틀어 억지로 그 자리에다 넘어뜨렸다. 닭다리같이 뼈와 가죽뿐인 팔이었다.

"뭘하고 있있어? 말해봐. 말 안 하면 이거다."

하인은 노파를 밀어 넘어뜨리고는 칼을 쑥 뽑더니 하얀 강철빛을 그 눈앞에 들이댔다. 그래도 노파는 입을 다물고 있었다. 두 손을 부들부들 떨며 어깻숨을 쉬면서 눈알이 튀어나올 만큼 눈을 크게 뜨고 벙어리

같이 고집스럽게 입을 다물고 있다. 이것을 보자 하인은 비로소 이 노파의 생사가 오로지 자기 의사에 지배되고 있다는 것을 명백히 의식했다. 그리고 이 의식은 지금까지 강하게 불타고 있던 증오심을 어느새 식혀버렸다. 뒤에 남은 것은 다만 어떤 일을 하고 그것이 원만히 성취되었을 때의 편안한 자긍심과 만족감뿐이었다. 그래서 하인은 노파를 내려다보며 조금 누그러진 소리로 이렇게 말했다.

"나는 게비이시(檢非違使) 청(廳)⁷⁾의 관리도 아무것도 아니다. 방금 이 문 아래로 지나가던 나그네란 말이야. 그러니 너를 잡아가고 자시고 할 이유도 없다. 다만 이 밤중에 여기서 무엇을 하고 있었는지 그것을 나에게 말하기만 하면 되는 거야."

그러자 노파는 뜨고 있던 눈을 더욱 크게 뜨더니 뚫어지게 하인의 얼굴을 지켜보았다. 눈꺼풀이 벌개진 육식조(肉食鳥)같이 날카로운 눈으로 쳐다보았다. 그리고는 주름으로 거의 코에 붙은 것 같은 입술을 무엇을 먹는 것처럼 움직였다. 가는 목에 뾰죽한 울대머리가 움직이는 것이 보였다. 그때 그 목에서 까마귀 울음소리 같은 소리가 헐떡이며 하인의 귀에 들려왔다.

"이 머리카락을 뽑아서 말이야, 이 머리카락을 뽑아서 말이야, 가발을 만들려고 한 것이다."

하인은 노파의 대답이 뜻밖에도 평범한 데 실망했다. 그 실망과 동시에 아까 느꼈던 증오심이 차가운 모멸과 함께 마음 속에 되살아났다. 그러자 그 기색이 노파에게도 전해졌는지 노파는 한쪽 손에 아직도 시체 머리에서 뽑은 긴 머리카락을 쥔 채 두꺼비가 중얼거리는 것 같은 소리로 우물거리며 이런 말을 이었다.

"물론 말이지, 죽은 사람의 머리카락을 뽑는 것은 좋다고 할 수는 없다. 하지만 여기 있는 시체들은 모두 그만한 것은 당해도 싼 사람들이야. 방금 내가 머리카락을 뽑은 계집으로 말하자면, 뱀을 네 치쯤으로 토막내서 말린 것을 마른 생선이라고 하면서 다테와키(太刀帶)[8]의 진(陣)으로 팔러 다닌 거야. 염병에 걸려 죽지 않았다면 지금도 팔고 다니겠지. 그것도 말이다, 이 여자가 파는 마른 생선은 맛이 좋다고 갈 때마다 다테와키들이 찬거리로 사갔다더군. 나는 이 여자가 한 일은 나쁘다고 생각지 않는다. 그렇게 하지 않으면 굶어 죽게 생겼으니 어떻게 안 할 수 있겠느냐. 그러니 지금 내가 한 일도 나쁜 일로는 생각지 않는단 말이다. 이 노릇도 안 하면 굶어 죽게 생겼으니 어쩌란 말이냐. 그래서 할 수 없이 그러는 것을 이 여자도 잘 알 테니 아마 내가 하는 짓을 너그럽게 보아줄 거야."

노파는 대강 이런 뜻의 말을 했다.

하인은 칼을 칼집에 꽂고 그 칼자루를 왼손으로 누르며 냉연(冷然)하게 이 말을 듣고 있었다. 물론 오른손으로 볼에 벌겋게 고름 잡힌 커다란 여드름을 만지작거리면서 듣고 있었던 것이다. 그런데 이 말을 듣고 있는 동안에 하인의 마음에는 차차 어떤 용기가 솟아났다. 그것은 아까 문 아래 있을 때는 없었던 용기였다. 그리고 또 아까 이 문 위로 올라와 이 노파를 붙잡았을 때의 용기와는 전혀 반대 방향으로 움직여가는 용기였다. 이제 하인은 굶어 죽느냐, 도둑질을 하느냐 하고 망설이기는커녕 굶어 죽는다는 따위는 거의 생각할 수도 없을 만큼 먼 의식 밖으로 밀려나 있었다.

"정말 그래?"

노파의 말이 끝나자 하인은 비웃는 것처럼 다그쳐 물었다. 그리고는 한 발짝 앞으로 다가서더니 갑자기 오른손을 여드름에서 떼어 노파의 목덜미를 잡고는 물어뜯을 듯이 이렇게 말했다.

"그럼 내가 네 껍질을 벗겨가도 날 원망하지 않겠지. 나도 그렇게 하지 않으면 굶어 죽을 판이란 말이다."

하인은 재빨리 노파의 옷을 벗겼다. 그리고는 다리에 매달리는 노파를 거칠게 시체 위로 걷어차버렸다. 사닥다리까지는 불과 다섯 걸음밖에 되지 않는다. 하인은 빼앗은 검은 자주빛 옷을 옆구리에 끼고 번개같이 가파른 사닥다리를 밟고 바닥으로 뛰어내렸다.

한동안 죽은 것같이 넘어져 있던 노파가 시체 속에서 그 알몸을 일으킨 것은 그로부터 얼마 안 되어서였다. 노파는 중얼거리는 것 같기도 하고 신음하는 것 같기도 한 소리를 내며 아직도 타고 있는 불빛에 의지해 사다리 입구까지 기어갔다. 그리고 거기서 짧은 백발을 거꾸로 세우면서 다락 아래를 살폈다. 밖에는 다만 칠흑 같은 밤이 있을 뿐이다.

하인이 어디로 갔는지는 아무도 모른다.

1) 일본 헤이안(平安) 시대의 서울인 교토 스자쿠오
   지의 남쪽 정문으로, 북쪽 끝에 있는 스자쿠몬
   (朱雀門)과 대하고 있다.
2) 상류사회의 여인들이 쓰는, 옻칠을 하고 가운데
   가 불룩한 왕골로 만든 삿갓.
3) 귀인들이 쓰던 길쭉하고 뒤로 굽은 모자.
4) 일본 헤이안 시대의 서울.
5) 소재는《곤자쿠 모노가타리(今昔物語)》에서 나왔
   는데 이 부분은《호조키(方文記)》에 보인다.
6) 오후 4시 이후.
7) 교토 시내의 범죄인의 검찰과 재판을 행하던 관
   청.
8) 동궁(東宮)을 지키던 무사들.

코

젠치(禪智) 내공(內供)[1]의 코는 이케노오(池の尾)[2]에서 모르는 사람이 없다. 길이는 5, 6치나 되어 입술 위에서부터 턱밑까지 늘어져 있다. 모양은 밑도 끝도 똑같은 굵기다. 말하자면 가느다란 순대 같은 물건이 얼굴 한가운데로부터 대롱거리고 있는 셈이다.

50이 지난 내공은 사미(沙彌)[3] 시절부터 내도장공봉(內道場供奉)[4]의 직에 오른 오늘날까지 속으로 항상 이 코 때문에 괴로워하고 있었다. 물론 겉으로는 지금도 그리 마음을 쓰지 않는 것 같은 얼굴을 하고 태연한 척한다. 그러나 이것은 일편단심 극락정토만을 갈앙(渴仰)해야 하는 승려의 몸으로 코 때문에 걱정하는 것은 옳지 않은 일이라고 생각했기 때문만이 아니다. 그보다는 오히려 자기가 코 때문에 고민하는 것을 남이 아는 것이 싫었기 때문이다. 내공은 평소의 담화에서 코란 말이 나오는 것을 무엇보다도 두려워하고 있었다.

내공이 코 때문에 곤란을 겪는 이유는 두 가지가 있

다. 그 하나는 코가 긴 것이 실제로 불편했기 때문이다. 우선 밥을 먹을 때에도 혼자 먹을 수가 없다. 혼자 먹자면 코끝이 공기 속의 밥에 걸린다. 그래서 제자 하나가 밥상에 마주 앉아서 밥을 먹는 동안 줄곧 넓이 한 치, 길이 두 자쯤의 판자로 코를 쳐들고 있게 하는 것이었다. 그러나 이렇게 밥을 먹기란 들고 있는 제자로서도 밥을 먹는 내공으로서도 결코 편한 일이 못 되었다. 한번은 이 제자 대신에 코를 들고 있던 중동자(中童子)⁵⁾가 재채기를 하는 바람에 손이 떨려서 코를 죽 속에다 빠뜨린 일이 있었으며 이것은 당시 교토 장안에까지 떠들썩하게 소문이 났다. ——하지만 이것도 내공이 코 때문에 괴로워하는 중요한 이유가 아니다. 내공은 실은 이 코로 인해 상처받는 자존심 때문에 괴로워하고 있었던 것이다.

이케노오에 사는 사람들은 이런 코를 달고 있는 젠치 내공을 위해서 내공이 속인(俗人)이 아닌 것이 다행이라고 말한다. 코가 저래 가지고야 아무도 그의 아내가 되겠다는 여자가 없으리라고 생각하기 때문이다. 개중에는 또 코가 그렇기 때문에 출가한 것이라고 빈정거리는 자까지 있었다. 그러나 내공은 자기가 중이기 때문에 조금이나마 이 코로 괴로움을 받는 것이 적어졌다고는 생각지 않는다. 내공의 자존심은 대처(帶妻)와 같은 결과적인 사실로 좌우되기 위해서는 너무나 섬세하게 되어 있었던 것이다. 그래서 내공은 적극적으로나 소극적으로나 이 훼손된 자존심을 회복하려고 시도했다.

　첫째로 내공이 생각한 것은 이 긴 코를 실제보다 짧게 보이게 할 방법은 없을까 하는 것이었다. 그는 아무도 없을 때 거울을 보고 여러 각도에서 자기 얼굴을 비춰보면서 연구에 골몰하는 것이었다. 그러다가 얼굴의 위치를 바꾸는 것만으로는 안심할 수가 없어서 손으로 볼을 괴어보기도 하고 턱끝에 손가락을 대보기도 하면서 지칠 줄 모르고 거울을 들여다보고 앉아 있기도 했다. 그러나 만족할 만큼 코가 짧아 보인 적은 이때까지 단 한 번도 없었다. 때로는 고심하면 할수록 도리어 길게 보이는 느낌마저 들었다. 이런 때 내공은 거울을 상자에 넣으면서 새삼스럽게 한숨을 쉬고는 마지못해 다시 독경 책상으로 관음경을 읽으러 돌아가는 것이었다.

　그리고 또 내공은 늘 남의 코에 주의를 기울이고 있었다. 이케노오의 절은 승공강설(僧供講說)[6] 등의 행사가 자주 있는 절이다. 절 안에는 승방(僧房)이 빈틈없이 늘어서 있고 목욕실에서는 날마다 중들이 물을 데우고 있었다. 따라서 이곳에 출입하는 승려와 속인은 매우 많았다. 내공은 이런 사람들의 얼굴을 끈기 있게 관찰했다. 한 명이라도 자기와 같은 코를 가진 사람을 발견하고 안심을 하고 싶었기 때문이다. 그러므로 내공의 눈에는 곤색 평상복이나 하얀 홑옷도 구별이 되지 않았다. 하물며 귤색 모자나 회색빛 승려복 따위는 너무나 눈에 익어서 많아도 없는 거나 한가지였다. 내공은 사람을 보지 않고 오로지 코를 보았다. —— 그러나 매부리코는 더러 있어도 내공의 것 같은 코는 한 번도 볼 수 없었다. 그 볼 수 없는 횟수가 거듭됨에 따라 내공의 마음은 차차 불쾌해지는 것이었다. 내공이 누구와 이야기하다가 자기도 모르게 대롱대롱 드리워진 코끝을 잡아보고는 나이에 어울리지 않게 얼굴을 붉힌 것도 오로지 이 불쾌감에서 나온 행동이었다.

마지막으로 내공은 불경이나 일반 서적에서 자기와 똑같은 코를 가진 인물을 찾아내어서 조금이나마 억지로 위안을 삼으려고 한 적도 있다. 그러나 목련(目連)[7]이나 사리불(舍利弗)[8]의 코가 길었다고는 어느 경문에도 씌어 있지 않았다. 물론 용수(龍樹)[9]나 마명(馬鳴)[10]도 보통 코를 가진 보살이다. 진단(震旦)[11] 이야기에 촉한(蜀漢)의 유현덕(劉玄德)의 귀가 길었다는 소리를 들었을 때는 그게 코였다면 자기의 마음이 얼마나 덜 아팠을까 싶었다.

내공이 이런 소극적인 고심을 하면서도 한편으로는 또 적극적으로 코가 짧아질 방도를 시험한 것은 구태여 말할 필요도 없다. 이 방면에서 내공은 할 수 있는 일은 거의 다해보았다. 쥐참외를 달여서 먹어본 일도 있었다. 쥐오줌을 코에 문질러본 일도 있다. 그러나 별짓을 다해보아도 코는 여전히 5, 6치의 길이로 대롱거리면서 입술 위에 드리워져 있는 것이 아닌가.

그러던 어느 해 가을, 내공의 심부름을 겸하여 교토에 갔던 제자승이 잘 아는 의사로부터 긴 코를 짧게 만드는 법을 배워 가지고 왔다. 그 의사란 원래 진단에서 건너온 사람으로 당시 조라쿠사(長樂寺)[12]에서 공승(供僧)[13]이 되어 있었다.

내공은 여느때처럼 코 따위는 별로 관심도 없다는 듯이 일부러 그 방법도 바로 시험해보자고는 말하지 않았다. 그러면서 한편으로는 가벼운 말로 식사 때마다 제자에게 수고를 끼치는 것이 안되었다고 말했다. 속으로는 물론 제자승이 자기를 설득해서 이 방법을 시험하게 하기를 기다린 것이다. 제자승도 내공의 이 책략을 모를 리가 없다. 그러나 그것에 대해서는 반감보다도 그런 책략을 쓰는 심정이 이 제자의 동정심을 더욱 불러일으켰던 것이리라. 제자승은 내공이 예기한 대로 침이 마르게 이 방법을 시험하기를 권했다. 그리고 내공 자신도 결국 이 열성적인 권유를 받아들이기로 하였다.

그 방법이란 단지 뜨거운 물 속에 코를 담갔다가 그것을 다른 사람에게 밟게 한다는 매우 간단한 것이었다.

뜨거운 물은 절의 목욕실에 날마다 끓고 있다. 그래서 제자승은 바로 손도 못 넣게 뜨거운 물을 커다란 주전자에 쏟아 목욕실에서 들고 왔다. 그러나 이 큰 주전자에 직접 코를 담근다면 뜨거운 김으로 얼굴에 화상을 입을 염려가 있다. 그래서 나무쟁반에 구멍을 뚫어 그것을 주전자의 뚜껑으로 하여 그 구멍을 통해 코를 뜨거운 물 속에 담그기로 했다. 코만은 뜨거운 물에 담가도 조금도 뜨겁지가 않은 것이다. 한참 만에 제자승이 말했다.

"이제 데쳐졌을 시간이옵니다."

내공은 쓴웃음을 지었다. 이 소리만을 듣고는 아무도 그것이 코 이야긴 줄 알아채지 못하리라고 생각했기 때문이다. 코는 뜨거운 물에 데쳐져서 벼룩이 문 것처럼 가려웠다.

제자승은 내공이 나무쟁반의 구멍에서 코를 빼자 아직도 김이 나는 코를 두 발에 힘을 주면서 밟기 시작했다. 내공은 옆으로 누워 코를 마루 위에 누이면서 제자승의 발이 위아래로 움직이는 것을 눈앞에 보고 있는 것이다. 제자승은 가끔 미안한 듯한 얼굴로 내공의 대머리를 내려다보며 이런 말을 했다.

"아프시진 않습니까? 의사선생님은 꼭꼭 밟으라 하셨습니다. 그렇지만 아프시진 않습니까?"

내공은 고개를 흔들어 아프지 않다는 뜻을 나타내려고 하였다. 그러나 코를 밟히고 있기 때문에 고개가 마음대로 움직여지지 않았다. 그래서 눈을 위로 치켜뜨고 제자승의 발이 튼 것을 바라보면서 화가 난 듯한 소리로,

"아프지는 않나"

하고 대답했다. 사실은 가려운 데를 밟아주기 때문에 아프기는커녕 시원할 정도였다.

한참 밟고 있으니까 드디어 좁쌀 같은 것이 코에서 솟아나오기 시작했다. 말하자면 털을 뽑은 참새를 통

째로 구운 것 같은 꼴이었다. 제자승은 이것을 보자 발을 멈추고 혼잣말처럼 이렇게 말했다.

"이것을 족집게로 뽑으라는 말씀이었는데."

내공은 불만스러운 듯이 볼을 불룩거리며 말없이 제자승이 하는 대로 내맡기었다. 물론 제자승의 친절을 모르는 바는 아니었다. 그것은 알지만 자기 코를 마치 어떤 물건처럼 다루는 것이 불쾌했기 때문이다. 내공은 믿을 수 없는 의사의 수술을 받는 환자 같은 얼굴을 하고 제자승이 코의 털구멍에서 족집게로 기름기를 뽑아내는 모습을 마지못해 바라보고 있었다. 기름기는 새 깃털의 줄기 같은 모양을 하고 4푼 정도의 길이로 뽑혀나오는 것이었다.

이윽고 그것이 한차례 끝나자 제자승은 한숨을 돌린 듯한 얼굴로,

"한 번 더 이것을 데치면 좋겠습니다"
하고 말했다.

내공은 역시 이마에 내천(川) 자를 그린 채 불만스런 얼굴로 제자승이 하는 대로 따르고 있었다.

그런데 두번째로 데쳐진 코를 꺼내보니 아닌게아니라 어느 사이에 짧아져 있었다. 그 정도면 보통 사람의 매부리코와 크게 다를 것이 없었다. 내공은 그 짧아진 코를 매만지며 제자승이 내미는 거울을 쑥스러운 듯이 조심조심 들여다보았다.

코는——저 턱 아래까지 늘어졌던 코는 거의 거짓말 같이 줄어들어서 이제는 겨우 윗입술 위에서 맥없이

벌름거리고 있었다. 여기저기 붉게 얼룩진 것은 아마 밟혔을 때의 흔적이리라. 이렇게 된 이상 이제 아무도 웃을 자는 없을 것이다. ──거울 속의 내공의 얼굴은 거울 밖의 내공의 얼굴을 보고 만족스러운 듯이 눈을 깜박거렸다.

그러나 그날은 또 하루종일 코가 다시 길어지지 않을까 하고 불안해했다. 그래서 내공은 불경을 외울 때나 식사를 할 때나 틈만 있으면 손을 들어 살그머니 코끝을 만져보았다. 그러나 코는 얌전하게 입술 위에 자리잡고 있을 뿐, 각별히 그보다 더 아래로 축 늘어져 내려올 기색은 없었다. 그리고 하룻밤 자고서 이튿날 일찍 잠이 깨자 내공은 맨 먼저 코부터 만져보았다. 코는 여전히 짧았다. 비로소 내공은 몇 년이나 걸려 법화경(法華經) 서사(書寫)의 공을 쌓았을 때 같은 뿌듯함을 느꼈다.

그런데 2, 3일이 지나자 내공은 뜻밖의 사실을 발견했다. 그것은 때마침 볼일이 있어 이케노오의 절을 찾아온 무사가 전보다도 훨씬 더 우습다는 얼굴로 말도 제대로 하지 못하고 힐끗힐끗 내공의 코만 바라본 일이었다. 그뿐 아니라 전에 내공의 코를 죽 속에 빠뜨리게 한 중동자 같은 이는 법당 밖에서 내공과 지나치면서 처음에는 고개를 숙이고 웃음을 참다가 결국 참을 수 없었던지 큰 웃음을 터뜨리고 말았다. 일을 명령받는 하급 스님들도 얼굴을 마주보는 동안은 공손하게 듣다가도 내공이 뒤돌아서기만 하면 킬킬 웃는 것이 한두 번이 아니었다.

내공은 처음에는 이것을 자기의 얼굴이 달라졌기 때문이라고 해석했다. 그러나 아무래도 그 해석만 가지고는 충분한 설명이 되지 않는 것 같았다. ——물론 중동자나 하급 스님들이 웃는 원인은 코에 있음에 틀림없다. 그러나 같은 웃음이라도 코가 길었던 예전과는 어딘지 다른 점이 있었다. 눈에 익은 긴 코보다 낯선 짧은 코가 더 우습게 보인다고 하면 그뿐이리라. 그러나 거기에는 뭔가 다른 이유가 있는 것 같다.

"전에는 저렇게 대놓고 웃지는 않았었는데."

내공은 외우던 경문을 멈추고 대머리를 갸웃하면서 가끔 이렇게 중얼거리는 것이었다. 불쌍한 내공은 그럴 때마다 반드시 곁에 걸린 보현(普賢)[14]의 화상을 멍하니 바라보면서 코가 길었던 4, 5일 전의 일을 생각하며 '이제는 더없이 천해진 사람이 영화롭던 지난날을 그리워하듯이' 우울해지는 것이었다 ——유감스럽게도 내공에게는 이 물음에 해답을 내릴 만한 지혜로움이 없었다.

——인간의 마음에는 모순된 두 개의 감정이 있다. 물론 타인의 불행에 동정하지 않는 사람은 없다. 그런데 그 사람이 어떻게 해서든 그 불행을 극복해내면 이번에는 왠지 허탈한 마음이 된다. 조금 과장해서 말한다면 다시 한 번 그 사람을 같은 불행에 빠지게 하고 싶은 느낌이 든다. 그리고 어느 사이에 소극적이기는 하나 그 사람에 대해서 어떤 적의를 품게 된다. ——

내공이 이유를 모르면서도 어쩐지 불쾌하게 여긴 것은 다름 아니라 이케노오의 승려나 속인의 태도에 이런 방관자의 이기주의를 어렴풋이 느꼈기 때문이다.

그래서 내공은 날이 갈수록 기분이 나빴다. 두 마디째에는 아무나 심술궂게 꾸짖는다. 마침내는 코를 치료해준 그 제자승마저도 “내공은 무자비해서 부처님의 벌을 받을 것이다” 하고 험담을 할 정도가 되었다. 특히 내공을 화나게 한 것은 바로 개구쟁이 중동자였다. 어느 날 시끄럽게 개 짖는 소리가 나서 내공이 무심코 밖에 나와보았더니 중동자는 두 자 가량의 나무조각을 휘두르며 털이 긴 마른 삽살개를 뒤쫓고 있었다. 그것도 그냥 쫓는 것이 아니었다. “코 좀 맞아볼래. 이놈아, 코 좀 맞아볼래” 하고 가락을 붙여 떠들면서 쫓아다니고 있는 것이다. 내공은 중동자의 손에서 그 나무조각을 뺏어들고 그 얼굴을 호되게 쳤다. 나무조각은 전에 코를 떠받치던 그 나무였다.

내공은 억지로 코를 짧게 한 것이 도리어 원망스러워졌다.

그러던 어느 날 밤의 일이었다. 해가 저물자 갑자기 바람이 휘몰아치기 시작했는지 탑에 달린 풍경 소리가 시끄럽게 베갯미리까지 울려왔다. 게다가 추위도 한결 더했기 때문에 노년의 내공은 잠들려 해도 잠들 수가 없었다. 그래서 이불 속에서 눈만 껌벅거리고 있는데 문득 코가 여느 때와 달리 가려운 것을 느꼈다. 손을 대보니까 조금 물기가 생긴 것처럼 부어 있었다. 어쩐지 거기만 열이 있는 것 같았다.

"억지로 짧게 해서 병이 났는지도 모르지."

내공은 불전에 향이나 꽃을 바칠 때와 같은 공손한 손길로 코를 누르며 이렇게 중얼거렸다.

이튿날 아침 내공이 여느 때같이 일찍 눈을 떠보니 절간의 은행나무나 상수리나무가 하룻밤 사이에 낙엽이 져서 마당은 황금을 깐 것처럼 밝았다. 탑의 지붕에는 서리가 내린 때문이리라. 아직 희미한 아침해에 구륜(九輪)[15]이 눈부시게 반짝인다. 젠치 내공은 덧문을 열어놓은 마루에 서서 깊이 숨을 들이마셨다.

거의 잊어버리고 있었던 어떤 감각이 다시 내공에게 돌아온 것은 이때였다.

내공은 얼른 코에 손을 댔다. 손에 잡힌 것은 어젯밤의 짧은 코가 아니다. 입술 위에서부터 턱밑까지 대여섯 치가 넘게 늘어져 있는 예전의 긴 코였다. 내공은 코가 하룻밤 새에 또 전처럼 길어진 것을 알았다. 그러자 그와 동시에 코가 짧아졌던 때와 똑같은 밝고 상쾌한 마음이 어디선지 돌아오는 것을 느꼈다.

'이렇게 되면 이제 아무도 나를 보고 웃을 자가 없으렷다.'

내공은 마음속으로 이렇게 자기에게 속삭였다. 긴 코를 새벽녘의 가을 바람에 흔들거리면서.

1) 젠치(禪智)는 이름. 내공(內供)은 내공봉승(內供奉僧)의 약칭. 궁중의 내도장(內道場)에서 봉사하던 지덕이 겸비된 10명의 승려.

2) 교토부(京都府) 우지군(宇治郡)의 지명.

3) 불문에 갓 들어온 수도승.

4) 내도장은 궁중에서 불도 수행을 하는 곳. 공봉은 내공봉승의 약칭.

5) 절에서 심부름하는 소년.

6) 승공은 승려를 대접하여 공양하는 회합, 강설은 불법의 가르침을 강의하는 것.

7) 석가 10대 제자의 하나로 신통력 제일이라고 하는 목건련(目犍連)의 약칭.

8) 석가 10대 제자의 하나로 지혜 제일이라고 한다.

9) 서기전 3세기 무렵의 남인도의 불교가.

10) 용수와 동시대의 서인도의 부론사(佛論師).

11) 중국.

12) 교토에 있는 절.

13) 공봉승(供奉僧). 본존의 공양이나 독경을 맡는다.

14) 보현보살의 약어.

15) 탑의 노반(露盤) 위에 세워진 높은 기둥의 장식.

杜 子 春

　　1

어느 봄날 해질녘입니다.

　당나라의 서울 낙양(洛陽)의 서문(西門) 아래에 멍하니 하늘을 쳐다보고 있는 한 젊은이가 있었습니다.

　젊은이의 이름은 두자춘(杜子春)이라고 하며, 전에는 부잣집 아들이었으나 지금은 재산을 탕진하고 그날 하루의 끼니가 없을 만큼 불쌍한 신세가 되었습니다.

　어쨌든 그 무렵 낙양이라면 천하에도 견줄 데 없이 번창을 누리는 도읍지였기 때문에 거리에는 사람이나 수레의 행렬이 그치지 않았습니다. 서문 하나 가득 비치고 있는 기름같이 미끄러운 저녁 햇살 속에 노인이 쓴 사모(紗帽)나, 터키 여인의 금귀걸이나, 백마의 빛깔 짙은 말고삐 같은 것이 끊임없이 흘러들어가는 모양은 마치 그림처럼 아름다웠습니다.

　그러나 두자춘은 여전히 서문 벽에 등을 기댄 채 멍하니 하늘만 바라보고 있었습니다.

　하늘에는 벌써 가느스름한 달이 봄안개가 부옇게 흘

러가는 속에 마치도 손톱자국인가 싶게 희미한 색으로 떠오르고 있는 것입니다.

'해는 지고 배는 고프고, 게다가 이제 또 어디를 가보나 재워줄 데도 없을 것 같고——이런 신세로 살아가기보다는 차라리 강물에라도 빠져 죽는 것이 나을지도 모른다.'

두자춘은 아까부터 이런 덧없는 생각을 되풀이하고 있었습니다.

그러자 어디서 왔는지 갑자기 그 앞에 발을 멈춘 애꾸눈의 노인이 있었습니다. 저녁해를 받아 그의 커다란 그림자가 문 위에 떨어지면서 노인은 두자춘의 얼굴을 물끄러미 쳐다보면서,

"너는 무슨 생각을 하고 있느냐?" 하고 거만하게 물었습니다.

"저 말입니까? 저는 오늘밤 잘 곳이 없어서 어쩌나 하는 생각을 하고 있었습니다."

노인의 물음이 갑작스러웠기 때문에 두자춘은 비록 고개는 숙였지만 자기도 모르게 솔직하게 대답했습니다.

"그래? 그거 안됐구나."

노인은 한동안 무엇인가 생각하는 것 같더니 이윽고 거리를 비추고 있는 저녁해를 가리키면서,

"그럼 내가 좋은 것을 하나 가르쳐주마. 지금 이 저녁 햇살 아래 서서 네 그림자가 땅에 비치면 그 머리가 닿는 곳을 밤중에 파보아라. 틀림없이 수레에 가득

찰 황금이 묻혀 있을 테니.”

“정말입니까?”

두자춘은 깜짝 놀라 숙이고 있던 고개를 들었습니다. 그런데 더욱 이상한 일은 그 노인은 어디로 갔는지 벌써 그 근방에는 모습도 그림자도 보이지 않았습니다. 그 대신 하늘의 달빛은 아까보다 더 희어졌고 거리에 그침이 없는 사람들의 물결 위에는 벌써 성급한 박쥐가 두세 마리 파들파들 날고 있었습니다.

2

두자춘은 하룻밤 사이에 수도 낙양에서 누구도 따를 자 없는 큰부자가 되었습니다. 그 노인의 말대로 저녁 해에 그림자를 비춰보고 그 머리 닿는 곳을 밤중에 몰래 파보았더니 커다란 수레에도 다 못 실을 황금이 산더미만큼 나온 것입니다.

큰부자가 된 두자춘은 그 즉시 으리으리한 집을 사서 현종(玄宗) 황제도 부럽지 않을 만큼 사치스런 생활을 시작했습니다. 난릉(蘭陵)의 술을 사오게도 하고 계주(桂州)의 용안육(龍眼肉)을 가져오게도 하고 하루에도 네 번이나 빛깔이 달라지는 모란을 정원에 심게도 하고, 백공작(白孔雀)을 여러 마리 놓아 먹이기도 하고, 옥을 모으고, 비단옷을 짓게 하고, 향목(香木)으로 수레를 만들게 하고, 상아로 의자를 짜게 하는 등, 그 사치를 하나하나 다 들어 말하자면 아무리 가도 이 이야기가 끝나지 못할 지경이었습니다.

　그러자 이런 소문을 듣고 지금까지 길에서 만나면 인사도 하지 않던 친구들이 아침저녁으로 찾아왔습니다. 그것도 날이 갈수록 수가 불어 반년쯤 지나자 수도 낙양에 이름이 알려진 그 많은 재사나 미인 중에 두자춘의 집을 찾지 않는 자는 하나도 없을 정도였습니다. 두자춘은 이 손님들을 상대로 날마다 주연을 베풀었습니다. 게다가 그 잔치의 융숭함이란 도저히 말로 다할 수가 없었습니다. 대강만 이야기해도 두자춘이 서양에서 들여온 포도주를 황금 술잔에 따라 들고 인도 출신의 마법사가 칼을 마시는 재주에 넋을 놓고 바라보고 있으면, 그 둘레에는 스무 명의 미녀들이, 열 명은 비취로 새긴 연꽃을, 열 명은 마노(瑪瑙)로 새긴 모란꽃을 머리에 꽂고 피리나 거문고를 곡조도 흥겹게 탄다는 광경인 것입니다.

　그러나 아무리 큰부자라 해도 돈에는 한이 있게 마련이므로, 그토록 사치를 일삼던 두자춘도 1, 2년이 지나는 동안 차차 가난해졌습니다. 그러자 사람이란 박정한 법이어서 어제까지는 날마다 찾아오던 친구들도 오늘은 문 앞을 지나면서도 인사 한 마디 하지 않고 가는 것이었습니다. 그러다 마침내 3년째 되던 봄에 두자춘이 다시 예전처럼 빈털터리가 되자 그 넓은 낙양에서는 그에게 잠자리를 내주겠다는 집이 한 채도 없었습니다. 아니, 잠자리는커녕 지금은 물 한 그릇도 떠주지 않는 것입니다.

　그래서 그는 어느 날 저녁, 다시 또 낙양의 그 서문

아래로 가서 멍하니 하늘을 보며 어찌할 바를 몰라 그냥 서 있었습니다. 그러자 역시 옛날처럼 애꾸눈의 노인이 어디선가 나타나더니,

"너는 무슨 생각을 하고 있느냐?" 하고 말을 거는 것이 아닙니까.

두자춘은 노인의 얼굴을 보자 창피한 듯이 고개를 숙인 채 한동안 대답도 못 하고 있었습니다. 그러나 노인은 그날도 친절한 소리로 같은 말을 또 물었으므로 이편에서도 전과 똑같이,

"저는 오늘밤 잘 곳이 없어서 어쩌나 하는 생각을 하고 있습니다" 하고 몹시 두려워하면서 대답했습니다.

"그래? 그거 안됐구나. 그럼 내가 좋은 것을 한 가지 가르쳐주마. 지금 이 저녁 햇살 아래 서서 네 그림자가 땅에 비치면 그 가슴께를 밤중에 파보아라. 틀림없이 수레에 가득 찰 황금이 묻혀 있을 테니."

이렇게 말하자마자 노인은 또 인파 속에 연기처럼 사라져버렸습니다.

두자춘은 그 이튿날부터 또다시 천하 제일가는 부자로 되돌아갔습니다. 그와 함께 여전히 온갖 사치를 다시 시작했습니다. 정원에 핀 모란꽃, 그 속에 잠든 백공작, 그리고 칼을 마시는 인도 마법사 ——모두가 옛날 그대로였습니다.

따라서 수레에 가득하던 그 많은 황금도 3년도 못 가서 남김없이 없어져버렸습니다.

3

"너는 무슨 생각을 하고 있느냐?"

애꾸눈의 노인은 세번째로 두자춘 앞에 나타나서 똑같은 말을 물었습니다. 물론 그는 이번에도 낙양의 서문 아래 봄안개 속에서 가느스름하게 비치는 조각달을 바라보며 멍하니 서 있었습니다.

"저 말입니까? 저는 오늘밤 잘 곳이 없어서 어쩌나 하는 생각을 하고 있었습니다."

"그래? 그거 안됐구나. 그럼 내가 좋은 것을 가르쳐 주마. 지금 이 저녁 햇살 아래 서서 네 그림자가 땅에 비치면 그 배가 닿는 곳을 밤중에 파보아라. 틀림없이 수레에 가득 찰……."

노인이 여기까지 말하자 두자춘은 갑자기 손을 들고 그 말을 가로막았습니다.

"아니, 돈은 필요 없습니다."

"돈이 필요 없어? 허허허, 그럼 사치를 하는 것도 이제 염증이 나는 모양이로구나."

노인은 의아스런 눈으로 두자춘의 얼굴을 물끄러미 쳐다보았습니다.

"아니, 사치에 염증이 난 것이 아닙니다. 사람이라는 것에 정나미가 떨어졌습니다."

두자춘은 불평스런 얼굴로 퉁명스럽게 말했습니다.

"그건 재미있는 일인데, 왜 또 사람에게 정나미가 떨어졌다는 거냐?"

"사람은 모두 박정합니다. 제가 큰부자일 때는 알랑거리고 야단입니다만 일단 돈이 떨어졌다 해보십시오. 따뜻한 얼굴 하나 구경할 수 없습니다. 그런 것을 생각하면 비록 다시 한 번 큰부자가 된다 해도 아무 보람도 없을 것 같습니다."

노인은 두자춘의 말을 듣자 갑자기 빙그레 웃기 시작했습니다.

"그래? 아니, 너는 나이도 젊은데 신통하게 사리를 잘 아는구나. 그럼 앞으로 가난해도 편안하게 살아갈 참이냐?"

두자춘은 잠깐 망설였습니다. 그러나 이내 결심한 듯이 얼굴을 들고 애원하듯이 노인의 얼굴을 쳐다보면서,

"그것도 지금의 저로서는 할 수 없는 일입니다. 그러므로 저는 당신의 제자가 되어 선술(仙術)의 도를 닦고 싶습니다. 아니, 숨기지 마십시오. 당신은 덕이 높은 선인(仙人)일 것입니다. 선인이 아니라면 하룻밤 사이에 저를 천하 제일의 부자로 만들 수는 없으니까요. 부디 제 스승님이 되어주시어 신비로운 선술을 가르쳐 주십시오."

노인은 눈살을 찌푸린 채 한동안 말없이 무언가 생각하는 듯하더니 이윽고 다시 빙그레 웃으며,

"아닌게아니라 나는 아미산(峨眉山)에 살고 있는 철관자(鐵冠子)라는 선인이다. 처음 네 얼굴을 보았을 때 어딘지 사리를 잘 알 수 있을 것 같아 두 번이나 부자

로 만들어주었느니라. 그런데 그토록 선인이 되고 싶다면 내 제자로 삼아주마" 하고 쾌히 승낙했습니다.

두자춘은 더없이 기뻤습니다. 노인의 말이 채 끝나기도 전에 땅바닥에 이마를 대며 몇 번이고 철관자에게 절을 했습니다.

"아니, 그렇게 절까지 할 것은 없다. 아무리 내 제자가 된다 해도 훌륭한 선인이 되느냐 못 되느냐는 네가 하는 데 따라 정해지는 일이니까. ──그러나 어쨌든 우선 나와 함께 아미산 속으로 가보는 것이 좋겠다. 아아, 마침 여기에 대나무가 하나 떨어져 있구나. 그럼 즉시 이것을 타고 하늘을 날아서 가기로 하자."

철관자는 거기에 떨어진 푸른 대나무 막대 하나를 집어들더니 입으로 주문을 외우면서 두자춘과 함께 그 대막대기에 말을 타듯이 올라탔습니다. 그러자 이상한 일이 일어났습니다. 대막대기는 갑자기 용처럼 기운차게 위로 날아오르더니 맑은 봄의 저녁 하늘을 날아 아미산 쪽으로 가는 것이 아닙니까.

두자춘은 질겁을 하고 놀라면서 두려운 마음으로 아래를 내려다보았습니다. 그러나 아래는 다만 푸른 산들이 저녁 어스름 속에 겹쳐 있을 뿐 저 수도 낙양의 서분은 ──벌써 봄안개 속에 가려져버렸겠지요 ──아무리 찾아봐도 보이지 않았습니다. 그러는 동안 철관자는 흰머리를 바람에 날리며 소리 높이 노래를 부르기 시작했습니다.

아침에는 북해(北海)에 노닐고, 저녁에는 창오(蒼梧)에
노니네.
소매 속에는 업구렁이를 지니고, 담기(膽氣)는 거칠다.
세 차례 악양(岳陽)에 들어갔으나, 사람들은 모르네.
낭랑하게 읊으면서, 동정호(洞庭湖)를 날아 지나간다.

4

두 사람을 태운 대막대기는 조금 뒤 아미산에 내렸
습니다.

그곳은 깊은 골짜기를 내려다보는 넓은 통바위 위였
는데 어지간히 높은 곳이었던지 중천에 드리운 북두칠
성이 공기만한 크기로 반짝이고 있었습니다. 원래 인
적이 끊어진 산속이기 때문에 사방은 쥐죽은 듯이 조
용하고 겨우 귀에 들어오는 것은 뒤켠 절벽에 서 있는
소나무 한 그루가 쏴쏴 하고 밤바람에 우는 소리뿐이
었습니다.

두 사람이 바위 위에 내리자 철관자는 두자춘을 절
벽 아래에 앉히더니,

"나는 이제부터 하늘로 올라가서 서왕모(西王母)를
뵙고 올 테니 너는 그동안 여기 앉아서 내가 돌아올
때까지 기다려라. 아마 내가 없는 동안 여러 가지 마
물(魔物)들이 나타나서 너를 어루꾀려 들겠지만, 설령
무슨 일이 있어도 절대로 소리를 내선 안 되느니라.
만약 말을 한 마디라도 하면 너는 도저히 선인이 될
수 없으니 각오를 해야 한다. 알겠느냐? 천지가 갈라

진다 해도 잠자코 있어야 한다"고 말했습니다.

"알았습니다. 절대로 소리 따위는 내지 않겠습니다. 목숨이 끊어져도 가만히 있겠습니다."

"그래? 그 말을 들으니 나도 안심이 되는구나. 그럼 다녀오마."

노인은 두자춘에게 작별 인사를 하더니 다시 그 대막대기를 타고 밤에 보아도 깎아지른 것 같은 산들 위쪽으로 일직선으로 날아서 사라져버렸습니다.

두자춘은 혼자 남아 바위 위에 앉은 채 조용히 별을 쳐다보고 있었습니다. 그러자 그럭저럭 한 시간쯤 지났을까, 심산의 밤기운이 차갑게 얇은 옷으로 스며들 무렵 갑자기 공중에서 무슨 소리가 났는데,

"거기 있는 것은 누구냐?" 하고 호통을 치는 것이 아닙니까.

그러나 두자춘은 선인의 말대로 아무 대답도 하지 않고 있었습니다.

그러자 또 잠시 후에 역시 같은 소리가 울리며,

"대답이 없으면 당장 죽는 줄 알아라" 하고 무섭게 위협했습니다.

두자춘은 물론 가만히 있었습니다.

그러자 어디서 올라왔는지, 눈에 시퍼렇게 불을 쓴 호랑이 한 마리가 홀연히 바위 위에 뛰어올라 두자춘을 노려보며 마구 으르렁거렸습니다. 그뿐 아니라 머리 위의 소나무 가지가 거칠게 흔들리는 듯싶더니 등 뒤의 절벽 꼭대기서부터 아름이 넘는 흰 뱀 한 마리가

불꽃 같은 혀를 날름거리며 재빨리 주르르 내려오는 것입니다.

그러나 두자춘은 태연하게 눈썹도 까딱하지 않고 앉아 있었습니다.

호랑이와 뱀은 먹이 하나를 놓고 틈탈 기회라도 엿보는지 한동안 서로 노려보는 듯하더니 이윽고 어느 쪽이 먼저랄 것도 없이 한꺼번에 두자춘에게 덤벼들었습니다. 호랑이 발톱에 찍히느냐, 뱀에게 물리느냐, 두자춘의 목숨은 순식간에 사라지는가 싶을 때 호랑이와 뱀은 안개처럼 밤바람에 사라지고 뒤에는 다만 절벽의 소나무가 다시 쏴쏴 하고 가지를 울리고 있을 뿐이었습니다. 두자춘은 겨우 한숨을 돌리면서 이번에는 무슨 일이 일어날까 하고 기다리고 있었습니다.

그러자 세찬 바람이 일어나면서 먹물 같은 구름이 사방을 싸버리자 갑자기 시퍼런 번갯불이 어둠을 가르면서 하늘이 무너지는 벼락 소리가 울렸습니다. 아니, 벼락뿐이 아닙니다. 폭포 같은 비가 갑자기 쏟아지기 시작한 것입니다. 두자춘은 이 천변 속에서 무서움도 없이 앉아 있었습니다. 바람 소리, 빗줄기, 그리고 그침 없는 번갯불, ——한동안은 그 높은 아미산도 뒤집히는가 싶었습니다. 그러다가 귀청이 떨어질 만큼 우뢰 소리가 울리는가 싶더니 하늘에 소용돌이치던 검은 구름에서 시뻘건 불기둥 하나가 두자춘의 머리 위로 떨어졌습니다.

두자춘은 엉겁결에 귀를 막고 바위 위에 엎드렸습니

다. 그러나 곧 눈을 떠보니 하늘은 전처럼 맑게 개고 건너편에 솟아 있는 검은 산들 위에 공기만한 북두칠성도 역시 반짝반짝 빛나고 있었습니다. 그러고 보면 조금 전의 굉장한 폭풍우도 저 호랑이나 백사와 마찬가지로 철관자가 없는 것을 틈탄 마물의 장난임에 틀림없었습니다. 두자춘은 가까스로 안심을 하고 이마의 땀을 닦으면서 다시 바위 위에 단정히 앉았습니다.

그러나 숨을 돌리기도 전에 이번에는 그가 앉아 있는 곳 앞에 금으로 된 갑옷을 입고 키가 세 길이나 될 듯한 위엄 있어 보이는 신장(神將)이 나타났습니다. 신장은 손에 삼지창(三枝槍)을 들고 있었는데 갑자기 그 창끝을 두자춘의 가슴에 들이대면서 눈을 부릅뜨고 호통을 쳤습니다.

"이놈, 너는 대체 누구냐? 이 아미산이란 산은 천지개벽의 그 옛날부터 내가 살아온 곳이다. 그럼에도 불구하고 혼자서 이곳에 들어왔다면 설마 보통 인간은 아니겠지. 자아, 목숨이 아까우면 어서 빨리 대답해라."

그러나 두자춘은 노인의 말대로 입을 꼭 다물고 있었습니다. "대답을 안 해?——안 할 테냐? 좋다. 안 할 테면 네 맘대로 해라. 그 대신 나의 권속이 너를 갈기갈기 찢어버릴 것이다."

신장이 창을 높이 들고 저편 산의 하늘에다 손짓을 했습니다. 그 순간 어둠이 싹 갈라지더니 놀랍게도 수많은 신병(神兵)들이 구름같이 하늘에 가득 차더니 모두 창이나 칼을 번뜩이면서 금방이라도 이곳으로 몰려 올 것 같은 태세를 갖추었습니다.

그 광경을 본 두자춘은 저도 모르게 악 하고 소리치려 했으나 그 순간 또 철관자의 말이 생각나서 온 힘을 다해 소리를 참았습니다. 신장은 그가 무서워하지 않는 것을 보자 불같이 노했습니다.

"이 고집불통 같으니. 끝끝내 대답을 않겠다면 약속대로 목숨을 빼앗겠다."

신장은 이렇게 소리치며 삼지창을 번뜩여 단번에 두자춘을 찔러 죽였습니다. 그리고는 아미산이 쩌렁쩌렁 울릴 만큼 큰 소리로 웃고 나서는 어디론가 사라져버렸습니다. 물론 그때는 수많은 신병들도 밤바람과 함께 꿈같이 사라진 뒤였습니다.

북두칠성은 또 추운 듯이 낭떠러지에 내민 바위 위를 비추기 시작했습니다. 절벽의 소나무도 조금 전과 다름없이 쏴쏴 하고 가지를 울리고 있습니다. 그러나 두자춘은 이미 숨이 끊어진 채 위를 보고 넘어져 있었습니다.

5

두자춘의 몸은 바위 위에 넘어져 있었으나 그의 혼은 조용히 몸에서 빠져나와 지옥으로 내려갔습니다.

이승과 저승 사이에는 암혈도(闇穴道)란 길이 있는데 그곳은 일 년내 어두운 하늘에 얼음 같은 찬바람이 쌩쌩 불어제치고 있습니다. 두자춘은 그 바람에 날리면서 한동안 나뭇잎같이 하늘을 떠돌고 있었는데, 이 윽고 삼라전(森羅殿)이라는 액자가 걸려 있는 웅대한 전당 앞으로 나왔습니다.

전당 앞에 있던 여러 사자들은 두자춘의 모습을 보자마자 그를 둘러싸더니 층계 앞에 꿇어앉혔습니다. 층계 위에는 까만 옷을 입고 금관을 쓴 왕자(王者) 하나가 위엄 있게 사방을 노려보고 있었습니다. 이것은 이미 소문에 듣던 염라대왕이 틀림없었습니다. 두자춘은 어찌 될 것인가 걱정하며 두려운 마음으로 그 앞에 무릎을 꿇고 있었습니다.

"이놈, 너는 무엇 때문에 아미산 위에 앉아 있었느냐?"

염라대왕의 소리는 층계 위에서 우뢰같이 울려왔습니다. 두자춘은 그 즉시 대답하려 했으나, 문득 또 생각난 것은 "결코 입을 열지 말라"는 철관자의 주의였습니다. 그래서 다만 머리를 숙인 채 벙어리처럼 입을 다물고 있었습니다. 그러자 염라대왕은 들고 있던 철채찍을 쳐들고 얼굴의 수염을 모두 곤두세우며,

"너는 이곳을 어디로 아느냐? 지금 곧 대답하면 좋으려니와 그러지 않으면 지체 않고 지옥의 가책을 겪세 하리라" 하고 무섭게 화를 내며 소리쳤습니다.

그러나 두자춘은 여전히 입을 달싹하지도 않았습니다. 그것을 본 염라대왕은 그 즉시 저승사자들을 향해 사납게 뭔가 명령하자 사자들은 일제히 머리를 조아리더니 갑자기 두자춘을 끌어잡고 삼라전의 하늘로 날아

올라갔습니다.

　누구나 잘 알듯이, 지옥에는 칼의 산이며 피의 바다 뿐 아니라 초열지옥(焦熱地獄)이라는 화염의 골짜기며 극한지옥(極寒地獄)이라는 얼음 바다가 깜깜한 하늘 아래 늘어서 있습니다. 사자들은 차례로 그런 지옥 속에다 두자춘을 던져넣었습니다. 그래서 칼로 무참하게 그의 가슴이 꿰뚫리는가 하면, 불길에 얼굴이 타고, 혀를 뽑히고, 살가죽이 벗겨지고, 쇠절굿대로 절구질을 당하고, 끓는 기름솥에 던져지고, 독사에게 머릿골을 빨아먹히고, 뿔매에게 눈알을 뽑히는 등 그 괴로움을 헤아리다가는 한이 없을 만큼 온갖 고통을 겪었던 것입니다. 그래도 두자춘은 이를 악문 채 한 마디도 소리를 내지 않았습니다.

　두자춘의 그런 태도에는 그 지독한 사자들도 기가 막혀버린 것이겠지요. 또다시 밤과 같이 어두운 하늘을 날아서 삼라전 앞으로 끌고 돌아오자 아까같이 두자춘을 층계에 꿇어앉히고 전당 위의 염라대왕에게,

　"이 죄인은 아무래도 입을 열 기색이 보이지 않사옵니다" 하고 입을 모아 말을 올렸습니다.

　염라대왕은 눈살을 찌푸리며 한동안 생각에 잠겨 있더니 이윽고 무엇인가 생각났는지,

　"이 자의 부모는 축생도(畜生道)에 빠져 있을 것이니 즉시 이리로 끌고 오너라" 하고 한 사자에게 명령했습니다.

　사자는 금세 바람을 타고 지옥 하늘로 날아올랐습니

다. 그러더니 곧바로 별이 흐르는 것처럼 날면서 두 마리의 짐승을 몰고 삼라전 앞으로 휙 내려왔습니다. 그 짐승을 본 두자춘의 놀라움은 뭐라 형용키 어려울 정도였습니다. 왜냐하면 몸은 두 마리 다 보기에도 안쓰러울 정도로 말라빠진 말이었지만 얼굴은 꿈에도 잊을 수 없는 돌아가신 아버지와 어머니 그대로였기 때문입니다.

"이놈, 무엇 때문에 아미산 위에 앉아 있었는지 곧바로 털어놓지 않으면 오늘밤은 네 부모에게 모진 고통을 가하리라."

이렇게 겁을 주어도 역시 대답을 하지 않고 있었습니다.

"이 불효 자식놈 봐라. 너는 부모가 고통을 당해도 너만 좋으면 상관없다고 생각하느냐?"

염라대왕은 삼라전도 무너질 듯한 무서운 소리로 외쳤습니다.

"쳐라, 사자들아. 그 두 마리 짐승을 살도 뼈도 바숴버려라."

사자들은 일제히 "예이" 하고 대답하면서 철채찍을 들고 일어서자 사방팔방에서 두 마리의 말을 가차없이 내리쳤습니다. 채찍은 휙휙 바람을 가르며 어디든 가리지 않고 말들의 몸 위에 비처럼 떨어졌습니다. 말들은——짐승이 된 아버지 어머니는 고통스러운 듯이 몸부림을 치고 눈에는 피눈물이 고이면서 차마 눈뜨고 볼 수 없을 만큼 울어댔습니다.

"어쩌냐, 그래도 너는 대답하지 않겠느냐?"

염라대왕은 사자들에게 잠깐 채찍질을 멈추게 하고 다시 한 번 두자춘의 대답을 재촉했습니다. 벌써 그때는 두 마리의 말은 살이 찢어지고 뼈는 부숴져 숨도 끊어질 듯 말 듯 층계 앞에 넘어져 있었습니다.

두자춘은 필사적으로 철관자의 말을 생각하며 두 눈을 꼭 감고 있었습니다. 그러자 그때 그의 귀에 거의 소리랄 수도 없는 희미한 소리가 들려왔습니다.

"걱정하지 마라. 우리는 어떻게 되든 너 하나 잘되면 더 바랄 것이 없느니라. 대왕이 뭐라고 하시든 말하기 싫으면 잠자코 있어라."

그것은 틀림없이 그리운 어머니의 목소리였습니다. 두자춘은 자기도 모르게 눈을 떴습니다. 그리고 한 마리의 말이 힘없이 땅에 넘어진 채 슬픈 듯이 그의 얼굴을 지켜보고 있는 것이 눈에 들어왔습니다. 어머니는 이런 고통 속에서도 아들만을 생각하고 사자들의 채찍에 맞는 것을 원망하는 기색도 보이지 않는 것입니다. 부자가 되면 아첨하고 가난해지면 말도 안 하는 세상 사람들에 비하면 얼마나 고마운 마음입니까. 얼마나 다기찬 결심입니까. 두자춘은 노인의 다짐도 잊어버리고 그 옆으로 넘어질 듯이 달려가서 반죽음 된 어미 말의 머리를 두 팔로 끌어안고 눈물을 뚝뚝 떨어뜨리면서 "어머니" 하고 단 한 마디를 외쳤습니다.

6

　그 소리에 정신이 들어 눈을 뜨니 두자춘은 역시 저녁 햇살을 받으며 낙양의 서문 아래 멍하니 서 있는 것입니다. 봄안개가 부옇게 낀 하늘, 하얀 조각달, 끊임없이 지나가는 사람과 수레의 물결, ——모두가 아직 아미산에 가지 않았을 때와 똑같습니다.

　"어떠냐. 내 제자가 된다 해도 선인은 도저히 될 수 없겠지."

　애꾸눈의 노인은 미소를 지으며 말했습니다.

　"그렇습니다. 하지만 저는 되지 못한 것이 도리어 기쁩니다."

　두자춘은 아직도 눈에 눈물이 고인 채 자기도 모르게 노인의 손을 잡았습니다.

　"아무리 선인이 된다 해도 저는 저 지옥의 삼라전 앞에서 채찍질을 당하고 있는 부모님을 보고 가만히 있을 수는 없습니다."

　"만일 네가 끝내 말을 안 했다면……" 하고 철관자는 갑자기 엄숙한 표정을 지으면서 두자춘을 뚫어지게 쳐다보았습니다.

　"반약 네가 말을 하지 않았다면 나는 그 자리에서 네 목숨을 끊어버릴 생각이었다. 너는 이제 선인이 되고 싶진 않겠지. 큰부자가 되기도 벌써 정나미가 떨어졌을 테고. 그럼 앞으로 무엇을 했으면 좋겠느냐?"

　"무엇을 하더라도 사람답게 정직하게 살아갈 생각입

니다.”

두자춘의 목소리에는 지금까지 없었던 밝은 울림이 담겨 있었습니다.

“그 말을 잊지 말아라. 나는 오늘부터 다시는 너를 만나지 않겠으니.”

이렇게 말하면서 철관자는 벌써 걷기 시작했는데 갑자기 발을 멈추고 두자춘을 돌아보더니,

“아, 마침 생각이 났는데, 나는 태산(泰山) 남쪽 기슭에 집이 한 채 있다. 그 집을 밭과 함께 너에게 줄 터이니 지금 곧 가서 거기서 살아라. 지금쯤 마침 집 둘레에 복사꽃이 만발해 있을 게다” 하고 아주 즐거운 듯이 말했습니다.

밀　차

　오다하라(小田原)와 아타미(熱海) 사이에 경편철도 (輕便鐵道) 부설공사가 시작된 것은 료헤이(良平)가 여 덟 살 되던 해의 일이었다. 료헤이는 날마다 동네 어 귀에 나가서 그 공사를 구경했다. 공사를——공사라고 하지만 다만 밀차로 흙을 운반하는——그것이 재미있 어서 보러 가는 것이다.

　밀차에 인부 두 사람이 흙을 쌓으면 그 뒤에 선다. 밀차는 산을 내려가는 것이니까 밀지 않아도 달린다. 차체가 물결처럼 흔들리거나, 인부의 한텐(伴纏)[1] 자락 이 펄럭이거나, 좁은 레일이 휘거나——료헤이는 그런 광경을 보면서 인부가 되고 싶다는 생각이 들 때가 있 다. 적어도 한 번만이라도 인부와 함께 밀차에 타보고 싶다고 생각할 때도 있다. 밀차는 동네 어귀의 평지까 지 오면 자연히 거기에 서버린다. 그러면 인부들은 가 볍게 밀차에서 뛰어내려 레일의 종점에다 수레의 흙을 부린다. 그리고 이번에는 밀차를 밀고 또 밀면서 방금 내려온 산 쪽으로 오르기 시작한다. 료헤이는 그때 탈

수는 없더라도 밀기라도 해봤으면, 하고 생각했다.

어느 날 저녁때 ——그것은 2월 초순이었다. 료헤이는 두 살 아래의 동생과 그와 동갑인 이웃집 아이와 밀차가 놓여 있는 동네 어귀로 나갔다. 밀차는 흙투성이가 된 채 어스름 속에 늘어서 있었다. 그러나 그밖에는 어디를 보아도 인부들의 모습은 보이지 않았다. 세 아이는 무서워하면서도 제일 끝에 놓인 밀차를 밀었다. 세 명의 힘이 합쳐지자 밀차는 갑자기 덜그렁하고 바퀴가 돌아갔다. 료헤이는 이 소리에 가슴이 철렁했다. 그러나 두번째 소리는 이미 그를 놀라게 하지 않았다. 덜그렁, 덜그렁 ——밀차는 그런 소리와 함께 세 명의 손에 밀리면서 천천히 레일을 올라갔다.

그러면서 그럭저럭 36미터쯤 가니까 레일의 경사가 가파르기 시작했다. 밀차는 이제 세 명의 힘으로는 아무리 밀어도 더 이상 앞으로 나아가지 않았다. 어쩌다 보면 수레와 함께 뒤로 밀릴 때도 있다. 료헤이는 이제 되었다 싶어서 어린 두 아이들에게 신호했다.

"자아, 타자!"

그들은 한꺼번에 손을 놓고 밀차 위에 뛰어올랐다. 밀차는 처음엔 천천히, 그러더니 순식간에 기운 좋게 한숨에 레일을 달리기 시작했다. 그 순간 마주치는 풍경은 갑자기 양쪽으로 갈라지는 것 같더니 뒤이어 새로운 풍경이 눈앞으로 밀려든다. ——료헤이는 얼굴에 부딪쳐오는 해거름의 바람을 느끼면서 너무나 기뻐 어쩔 줄을 몰랐다.

그러나 밀차는 2, 3분 뒤에는 벌써 제자리에 와서 멎어 있었다.

"자아, 또 한번 밀자."

료헤이는 손아래 두 아이와 함께 또 밀차를 밀려고 덤볐다. 그러나 아직 바퀴도 움직이지 않았는데 갑자기 등뒤에서 발소리가 들리기 시작했다. 뿐만 아니라 들리는가 싶었던 발소리는 갑자기 이런 노성으로 바뀌었다.

"이놈들! 누가 밀차에 타랬어?"

거기에는 상호를 새긴 낡은 한텐을 걸치고 철 지난 밀짚모자를 쓴 키 큰 인부가 서 있었다. 그 모습이 눈에 들어왔을 때는 료헤이는 손아래 두 아이와 함께 벌써 10미터쯤 달아나고 있었다. 그후로는 료헤이는 심부름 갔다 돌아오면서 인기척 없는 공사장의 밀차를 보아도 다시는 타보려고 생각하지 않았다. 그때의 무서운 인부의 모습은 지금도 료헤이의 머릿속 어딘가에 뚜렷한 기억을 남기고 있다. 어스름 속에 희미하게 보이는 조그만 노란 밀짚모자——그러나 그 기억도 점차 색깔이 바래갔다.

그로부터 10여 일이 지난 후 료헤이는 또 혼자 점심때가 지난 공사장에 서성거리며 밀차가 오는 것을 바라보고 있었다. 그러자 흙을 실은 밀차 말고도 침목을 실은 밀차가 한 대, 이것은 본선(本線)이 될 굵은 선로를 올라왔다. 그 밀차를 밀고 있는 것은 둘 다 젊은 사내들이었다. 료헤이는 그들을 본 순간 어쩐지 가까이 가기 쉬운 느낌이 들었다. '이 사람들이라면 혼내지 않을지도 모른다.' ——그는 그렇게 생각하며 밀차 곁으로 뛰어갔다.

"아저씨, 밀어드릴까요?"

그 중의 하나 ——줄무늬 셔츠를 입은 사내가 머리를 숙이고 밀차를 밀면서 기분좋게 대답해주었다.

"어어, 밀어다오."

료헤이는 둘 사이에 들어서자 힘껏 밀기 시작했다.

"넌 아주 힘이 세구나."

다른 하나 ——귀에 궐련을 낀 사내도 이렇게 료헤이를 칭찬해주었다.

그러는 동안 레일의 경사는 점점 완만해지기 시작했다. "이제 그만 밀어." —— 료헤이는 금방 그런 소리가 떨어질까봐 걱정이 되어 견딜 수가 없었다. 그러나 두 젊은 인부는 전보다 허리를 일으킨 채 묵묵히 수레를 밀기만 했다. 료헤이는 마침내 참지 못하고 조심스럽게 이렇게 물어보았다.

"오래 밀어도 괜찮아요?"

"괜찮아."

둘은 동시에 대답했다. 료헤이는 좋은 사람들이라고 생각했다. 5, 600미터를 계속 밀었더니 선로는 또다시 경사가 가팔라졌다. 거기는 양편의 귤밭에 노란 열매들이 수도 없이 햇빛을 받고 있었다.

'오르막길이 더 좋아. 오래 밀게 해주니까.' ——료헤이는 그런 생각을 하면서 온몸으로 밀차를 밀었다.

귤밭을 다 오르자 선로는 갑자기 내리막이 되었다. 줄무늬 셔츠의 사내는 료헤이에게 "야, 타라" 하고 말했다. 료헤이는 얼른 올라탔다. 밀차는 세 사람이 타자마자 귤 냄새를 헤치면서 줄곧 내리막으로만 미끄러져갔다. '미는 것보다 타는 것이 훨씬 좋다.'——료헤이는 하오리(羽織)를 바람에 펄럭이며 당연한 생각을 했다. '갈 때 미는 곳이 많으면 돌아올 때는 타는 곳이 많다.'——그렇게도 생각했다.

대나무밭이 있는 데까지 오자 밀차는 달리기를 조용히 멈추었다. 셋은 또 아까같이 무거운 밀차를 밀기 시작했다. 대나무밭은 어느덧 잡목림으로 바뀌었다. 발끝에 힘을 주며 오르는 여기저기에는 벌겋게 녹슨 레일이 보이지 않을 만큼 낙엽이 쌓인 곳도 있었다. 그 길을 가까스로 오르자 이번에는 발 아래 까마득한 낭떠러지 저편에 드넓은 바다가 추운 듯이 펼쳐졌다. 그러자 갑자기 료헤이의 머리에는 너무나 멀리 와버린 것이 뚜렷하게 느껴졌다.

셋은 또 밀차에 올라탔다. 수레는 오른편으로 바다를 보며 잡목림 가지 아래를 달려갔다. 그러나 료헤이는 아까같이 재미있는 기분이 될 수 없었다. '이제 돌아가면 좋을 텐데.'—— 그는 속으로 그렇게 빌어보았다. 그러나 갈 곳까지 다 가지 않으면 밀차도 그도 돌아갈 수 없다는 것은 그도 잘 알고 있었다.

그 다음에 수레가 멎은 곳은 깎아낸 산을 등진 초가집 찻집 앞이었다. 두 인부는 그 가게에 들어가자 젖

먹이를 업은 아낙네를 상대로 유유히 차를 마시기 시작했다. 료헤이는 혼자 안달이 나며 밀차 둘레를 돌아보았다. 튼튼한 차대의 두꺼운 널빤지에는 튀어오른 진흙이 바르고 있었디.

한참 뒤에 찻집을 나오면서 궐련을 귀에 끼운 사내가(그때는 이미 끼고 있지 않았지만) 밀차 옆에 있는 료헤이에게 신문지에 싼 막과자를 주었다. 료헤이는 냉담하게 "고맙습니다" 하고 말했다. 그러나 곧 냉담했던 것이 미안한 느낌이 들었다. 그는 자기가 냉담했던 것을 고치는 것처럼 과자를 하나 꺼내서 입에 넣었다. 그런데 신문지 때문에 그랬는지 과자에서 석유 냄새가 났다.

세 사람은 밀차를 밀면서 완만한 경사를 올라갔다. 료헤이는 수레에 손은 대고 있었으나 마음은 딴 일을 생각하고 있었다.

그 고개의 저편을 다 내려가니까 또 비슷한 찻집이 있었다. 인부들이 그 안에 들어가자 료헤이는 밀차에 걸터앉아서 돌아갈 일만을 걱정했다. 찻집 앞에 피어 있는 매화에서 석양이 사라져가고 있었다. '이제 해가 넘어간다'——그렇게 생각하자 그는 멍하니 앉아만 있을 수가 없었다. 밀차의 바퀴를 발로 차보고, 혼자서는 움직일 수 없는 것을 빤히 알면서도 끙끙 밀어보고 ——그런 일로 기분을 달래고 있었다.

그런데 인부들은 찻집에서 나오자 수레 위의 침목에 손을 걸치면서 대수롭지 않게 말했다.

"너는 이제 돌아가라. 우린 오늘 저쪽에서 자니까."

"너무 늦게 돌아가면 집에서도 걱정하실 게다."

료헤이는 한순간 어이가 없었다. 벌써 날이 어두워져 간다는 것, 작년에 어머니와 이와무라(岩村)[2]까지 간 일이 있었지만 오늘의 길은 그 3,4배가 된다는 것, 그것을 지금부터 혼자서 걸어 돌아가야 한다는 것, 그런 일을 한꺼번에 알게 되었다. 료헤이는 울음이 터져 나오려고 했다. 그러나 울어도 별수없다는 생각이 들었다. 울고 있을 때가 아니라고도 생각했다. 그는 젊은 두 인부들에게 마음에도 없는 억지 인사를 하자 뒤돌아서 레일을 따라 뛰기 시작했다.

료헤이는 한동안 정신 없이 레일을 따라 달리면서 품에 안은 과자봉지가 귀찮아져서 그것을 길바닥에 내던졌다. 얼마 후에 판자짚신[3]도 벗어던졌다. 그러자 얇은 다비(足袋)[4]의 발바닥에 직접 자갈이 받혔으나 발만은 가벼워졌다. 그는 왼쪽으로 바다를 느끼면서 가파른 샛길을 뛰어올라갔다. 때때로 울음이 치밀어 오르면 저절로 얼굴이 찡그려지고 ──그것을 억지로 참는다 해도 코에서는 자꾸 킁킁 소리가 새어나왔다.

대나무밭을 지나자 저녁놀에 불타던 히가네야마(日金山)의 하늘도 벌써 불길이 꺼져가고 있었다. 료헤이는 더욱더 애가 탔다. 가는 것과 오는 것이 다른 까닭인지 풍경이 낯선 것도 불안했다. 그러자 이번에는 옷마저 땀에 흠씬 젖은 것이 귀찮았기 때문에 역시 필사적으로 뜀박질을 계속하면서 하오리를 길바닥에 벗어

던졌다.

귤밭을 지날 무렵에는 주위는 점점 어두워져가고 있었다. '목숨만 살아나면——.' 료헤이는 그렇게 생각하면서 미끄러져도 넘어져도 줄기차게 뛰어갔다.

가까스로 저 멀리 저녁 어스름 속에 동네 어귀의 공사장이 보였을 때 료헤이는 왁 하고 울고 싶었다. 이번에도 울상은 되었으나 끝끝내 울지 않고 뛰어갔다.

마을로 들어서니 벌써 길 양쪽의 집들마다 전등 불빛이 비치고 있었다. 료헤이는 전등 불빛으로 머리에서 김이 오르는 것을 분명히 알 수 있었다. 우물가에서 물을 긷는 아낙네들이나, 밭에서 돌아오는 남자들은 료헤이가 헐떡헐떡 뛰어오는 것을 보고 "애, 무슨 일이냐?" 하고 말을 걸었다. 그러나 그는 입을 다문 채 잡화상과 이발소 등 밝은 집 앞을 뛰어서 지나갔다.

그의 집 대문간에 뛰어들자 마침내 료헤이는 왁 하고 큰 소리로 울음을 터뜨리지 않을 수 없었다. 그 울음소리는 그의 주위에 한꺼번에 아버지와 어머니를 오게 했다. 특히 어머니는 뭐라고 말하면서 료헤이의 몸을 끌어안는 것처럼 했다. 그러나 료헤이는 팔다리를 바둥거리며 가쁘게 숨을 들이마시고, 계속 흐느껴 울었다. 그 울음소리가 너무나 격렬했기 때문에 서너 명의 이웃 여인네들도 어스레한 문간에 모여들었다. 부모님은 물론 그 사람들은 여기저기서 그가 우는 까닭을 물었다. 그러나 그는 누가 뭐라고 물어도 울어대는 수밖에 어쩔 도리가 없었다. 그 먼 길을 줄곧 뛰어온 지금까지의 쓸쓸한 마음을 되돌아보면 아무리 큰 소리로 울어대도 모자란 느낌에 밀리면서……

료헤이는 스물여섯 살 때 처자와 함께 도쿄로 나왔다. 지금은 어느 잡지사의 이층에서 교정을 보고 있다. 그런데 그는 문득 그때의 자기가 생각날 때가 있다. 전혀 아무 이유도 없는데? ──세상살이에 고달픈 그의 앞에는 지금도 역시 그때같이 어슴푸레한 덤불이나 고개가 있는 길이 희미하게 한 줄로 뻗어나고 있다.

1) 노동자 등이 겉에 걸치는 간소한 웃옷.
2) 가나가와현(神祭川縣) 아시가라군(足柄郡)의 지명.
3) 바닥에 판자를 댄 짚신.
4) 일본 버선.

덤 불 속

게비이시(檢非違使)[1]의 물음에 대한 나무꾼 이야기

그렇습니다. 그 시체를 처음 본 것은 저임에 틀림없습니다. 저는 오늘 아침 여느 때처럼 뒷산으로 삼나무를 베러 올라갔었습니다. 그런데 산그늘 덤불 속에 그 시체가 있지 않겠습니까? 시체가 있던 장소 말입니까? 그곳은 야마시나(山科) 역로(驛路)에서 110미터쯤 산으로 들어간 곳입니다. 호리호리한 삼나무들이 대나무 덤불에 섞여 서 있는 호젓한 곳입니다.

시체는 옥색 스이칸(水干)[2]을 입고 교토 풍의 아취에보시(烏帽子)를 쓴 채 하늘을 보고 넘어져 있었습니다. 하여튼 단칼이라고는 하나 가슴팍의 상처인지라 시체 주위의 댓잎 낙엽은, 검붉은 물감에 담가낸 것 같았습니다. 아닙니다. 피는 벌써 멎어 있었습니다. 상처 구멍도 말라붙은 것 같았구요. 그리고 왕파리 한 마리가 제 발소리도 듣지 못했는지 상처에 딱 늘어붙어서 빨아먹고 있더군요.

칼이나 무엇을 못 보았느냐구요? 아니 아무것도 없

었습니다. 다만 그 삼나무 밑둥께에 밧줄이 한 가닥 떨어져 있었습니다. 그리고 ——아 참, 밧줄말고도 빗이 하나 떨어져 있었습니다. 시체 옆에 있었던 것은 그 두 가지뿐이었습니다. 하지만 풀이나 댓잎 낙엽이 넓게 짓밟혀져 있는 것으로 보아 그 사내는 살해되기 전에 상당히 저항을 한 것이 틀림없습니다. 예? 말은 없었느냐구요? 도대체 그곳은 말 따위가 들어갈 수 없는 곳입니다. 하여간 말이 다니는 길과는 대나무 덤불이 가로막고 있으니까요.

게비이시의 물음에 대한 나그네 스님의 이야기

저 시체의 사나이는 분명히 어제 제가 만난 사람입니다. 어제 ——그러니까 그게 점심때쯤이었습니다. 만난 곳은 세키야마(關山)[3]에서 야마시나로 가던 길 도중이었습니다. 그 사내는 말을 탄 여자를 데리고 세키야마 쪽으로 걸어가고 있었습니다. 그 여자는 이치메가사(市女笠) 아래로 늘어진 비단 때문에 얼굴이 잘 보이지 않았습니다. 제가 본 것은 꽃자주빛 겹옷 같은 것의 색깔뿐이었습니다. 말은 적갈색 털빛의 ——틀림없이 갈기를 박박 깎은 말 같았습니다. 말의 키 말입니까? 키는 네 길은 되었을까요? ——하여튼 속세의 일이라 그 방면은 잘 모르겠습니다. 사내는, ——아닙니다. 칼도 차고 활과 화살도 가지고 있었습니다. 특히 검은 칠을 한 화살집에 스무 개 남짓의 화살을 꽂고 있었던 것이 지금도 뚜렷하게 생각납니다.

그 사내가 이렇게 되리라고는 꿈에도 생각지 못했습니다만, 참으로 사람의 목숨이란 이슬과 같고 번개와 같다는 말이 틀림없습니다. 허어 허, 참 뭐라고 말할 수 없는 불쌍한 일을 당한 거지요.

게비이시의 물음에 대한 나졸(邏卒)의 이야기

제가 붙잡은 사내 말씀입니까? 그놈은 틀림없이 다조마루(多襄丸)라는 꽤 이름이 알려진 도둑입니다. 하기야 제가 붙잡았을 때는 말에서 떨어진 때였지요. 아와다구치(栗田口) 돌다리 위에서 끙끙 앓고 있었습니다. 시각 말씀입니까? 그건 어젯밤 초경(初更) 무렵이었습니다. 언젠가 제가 잡으려다 놓친 때도 역시 이 곤색 스이칸을 입고 무늬가 튀어나온 쇠칼집의 칼을 차고 있었습니다. 지금은 그것말고도 보시는 바와 같이 활과 화살 따위도 가지고 있습니다. 그렇습니까? 그 시체의 사내가 가지고 있었던 것도——그럼 그 사람을 죽인 것은 이 다조마루임에 틀림없습니다. 가죽을 칭칭 감은 활, 검은 칠의 화살집, 매 깃의 화살이 17본——이것은 모두 그 죽은 사내가 가지고 있었던 것일 겝니다. 예, 말씀대로 말은 갈기를 짧게 깎은 적갈색의 말이었습니다. 그 말에서 떨어지다니, 무슨 인연임에 틀림없습니다. 말은 돌다리 조금 앞에서 긴 고삐를 끌며 길가의 풀을 뜯고 있었습니다.

이 다조마루란 녀석은 장안에서 활동하는 도둑 중에서도 남달리 계집을 좋아하는 녀석입니다. 작년 가을 도리베사(鳥部寺)⁴⁾의 빈즈루(賓頭盧)⁵⁾ 뒷산에서 절에 불공을 드리러 온 듯한 여인 하나와 계집아이 하나가 살해된 것도 이 녀석의 소행일 거라는 말이 있습니다. 그 적갈색 말에 타고 있던 여인도, 이 녀석이 그 사내를 죽였다면 어디다 어떻게 한 것인지 모를 노릇입니다. 참견 같은 말씀이오나 그 일도 밝혀내주시기 바랍니다.

게비이시의 물음에 대한 노파의 이야기

예, 저 죽은 자는 제 딸이 시집간 사내이옵니다. 하지만 장안에 사는 자는 아닙니다. 와카사(若狹)의 고쿠후(國府)⁶⁾ 무사입니다. 이름은 가나자와(金澤)의 다케히로(武弘), 나이는 26세입니다. 아닙니다. 성질이 유순하기 때문에 누구에게 원한을 살 까닭이 없습니다.

제 딸 말씀입니까? 딸의 이름은 마사고(眞砂), 나이는 19세입니다. 그애는 사내보다 더 지기를 싫어하는 승벽(勝癖)이 있는 아이입니다만 지금껏 한 번도 다케히로 말고는 사내를 가진 일이 없었습니다. 얼굴은 좀 검은 편이고 왼쪽 눈꼬리에 검은 사마귀가 있는 조그맣고 갸름한 얼굴입니다.

다케히로는 어제 딸과 함께 와카사로 떠났는데 이런 변을 당하다니 대체 어찌된 일이란 말입니까. 그런데 딸이 어떻게 되었는지, 사위는 이제 어쩔 수 없는 노릇이라 하겠으나 딸만큼은 걱정이 아닐 수 없습니다. 이 늙은이의 평생의 소원이오니, 비록 초목을 다 찾아보는 한이 있더라도 부디 딸을 찾아내주시기 바랍니다. 그나저나 죽일 놈은 그 다조마룬가 뭔가 하는 도둑놈입니다. 사위뿐 아니라 딸마저도……. (뒤는 울음으로 말을 잇지 못한다.)

다조마루의 자백

그 사내를 죽인 것은 저입니다. 그러나 여자는 죽이지 않았습니다. 그럼 어디로 갔느냐? 그것은 저도 모르는 일입니다. 아, 잠깐 기다려주십시오. 아무리 고문을 한다 하더라도 어떻게 모르는 일을 말할 수 있겠습니까? 일이 일단 이렇게 된 이상 저도 비겁하게 숨기거나 하지는 않을 작정입니다.

저는 어제 점심때가 좀 지나서 우연히 길에서 그 부부를 만났습니다. 그때 마침 바람이 휙 불어와 여자의 모자 아래로 늘어진 비단이 잠깐 올라가는 바람에 그녀의 얼굴이 살짝 비쳤습니다. 살짝──보이는 순간 벌써 가려져버렸습니다만, 어쨌든 그 때문이기도 했겠지요. 제 눈에는 그 여자의 얼굴이 보살님처럼 아름답게 보였습니다. 저는 그 순간 비록 남자를 죽이는 한이 있더라도 여자를 빼앗겠다고 결심했습니다.

뭐, 사람을 죽이는 일 같은 건 당신들이 생각하는 것같이 그렇게 대단한 일도 아닙니다. 어차피 여자를 빼앗자면, 남자는 죽이게 마련인 것입니다. 다만 저희들은 죽일 때 허리에 찬 칼을 씁니다만 당신들은 칼은 쓰지 않고 권력으로 죽이고, 돈으로 죽이고, 어떤 때

는 위해주는 척하는 말만으로 죽이지요. 아닌게아니라
피는 흐르지 않습니다. 사내는 멀쩡하게 살아 있지요.
——그러나 그런데도 죽인 것입니다. 죄로 본다면 당
신들이 더 나쁜지, 우리가 더 나쁜지 모를 일입니다.
(비웃는 미소)

그러나 남자를 죽이지 않아도 여자를 빼앗을 수만
있다면 별로 나쁠 것도 없습니다. 그때 저는 가능한
한 남자를 죽이지 않고 여자를 빼앗겠다고 결심한 것
입니다. 하지만 저 야마시나의 역로에서는 도저히 그
럴 수가 없습니다. 그래서 저는 산속으로 그 부부를
유인한 꾀를 짜냈습니다.

그것도 어려울 것이 없습니다. 저는 그 부부와 동행
이 되자 저 건너 산에는 고총(古塚)이 있는데 그것을
파보았더니 거울이나 칼 따위가 많이 나오더라, 나는
아무도 모르게 산그늘 덤불 속에다 그것들을 묻어놓았
다, 만일 사겠다는 사람이 있으면 어느 것이고 헐값으
로 팔아넘기고 싶다——그런 이야기를 했습니다. 남자
는 어느새 제 이야기에 마음이 동하기 시작했습니다
——어떻습니까. 사람 욕심이란 무서운 것 아닙니까?
그로부터 30분도 안 되어 그 부부는 저와 함께 말을
산길로 향하고 있었습니다.

저는 덤불 앞에 오자 보물은 이 안쪽에 묻어놓았다,
함께 가서 보자고 말했습니다.

사내는 욕심으로 목이 타고 있었기 때문에 가는 것
을 반대할 턱이 없었습니다. 그러나 여자는 말에서 내

리지도 않고 기다리고 있겠다는 것입니다. 무성한 그 덤불을 보면 그렇게 말하는 것도 무리가 아니었습니다. 그러나 사실은 이것도 제 생각대로 된 노릇이었기에 저는 여자만 남겨두고 남자와 덤불 속으로 들어갔습니다.

덤불 속은 한동안 대나무뿐입니다. 그러나 50미터쯤 들어가면 좀 터진 곳에 삼나무들이 서 있는——제가 일을 하기에는 이보다 더 좋은 장소가 없습니다. 저는 덤불을 헤치고 나아가면서 보물은 저 삼나무 아래 묻어놓았다고 그럴 듯한 거짓말을 했습니다. 그러자 남자는 메마른 삼나무가 비쳐보이는 쪽으로 그저 정신없이 헤치고 나아갔습니다. 그러는 동안 대나무가 성글어지고 여러 그루의 삼나무가 늘어서 있는——저는 그곳으로 오자마자 느닷없이 상대를 넘어뜨렸습니다. 남자도 칼을 차고 있었던 만큼, 기운도 상당히 있었던 것 같으나 갑자기 당하는 일이라 별수없었습니다. 단박에 그를 한 그루의 삼나무 밑둥에 묶어버렸습니다. 밧줄이요? 밧줄은 도둑질을 해먹고 사는 덕택으로 언제 담을 넘을지 모르기 때문에 늘 허리춤에 간직하고 있습니다. 물론 소리를 내지 못하게 대나무잎을 입에 가득 처넣고 나면 다른 문제는 하나도 없습니다.

저는 사내를 해치우고 나서 이번에는 또 여자 쪽으로 가서 남자가 급병을 일으킨 것 같으니 어서 와달라고 말했습니다. 그것도 영락없이 들어맞은 것은 말할 것도 없습니다. 여자는 이치메가사를 벗은 채 저에게 손을 잡히면서 덤불 안으로 들어왔습니다. 그러나 그곳에 와서 보니 사내는 삼나무 등걸에 묶여 있다. —— 여자는 첫눈에 그것을 보자 어느 사이에 품에서 꺼내 들었는지 번쩍 하고 단도를 뽑았습니다. 저는 지금까지 그렇게 성질이 사나운 여자를 본 일이 없습니다. 만약 그때 제가 방심하고 있었다면 일격에 옆구리를 찔렸을 것입니다. 첫 칼질은 몸을 비켰으나 사정 없이 칼을 휘두르는 통에 언제 상처를 입을지 몰랐습니다. 그러나 저도 다조마루이니까 어떻게 가까스로 칼을 빼지 않고도 마침내 여자의 단도를 쳐서 떨어뜨렸습니다. 아무리 성깔 있는 여자라도 무기가 없으면 어쩔 수없습니다. 저는 마침내 생각대로 남자의 목숨은 뺏을 것도 없이 여자를 손에 넣을 수가 있었습니다.

남자의 목숨을 뺏을 것 없이, ——그렇습니다. 저는 그렇게 된 이상 사내까지 죽일 마음은 없었습니다. 그러나 엎드려서 울고 있는 여자를 보고 덤불 밖으로 달아나려고 하자 여자는 갑자기 미친 사람처럼 제 팔에 매달렸습니다. 그리고 띄엄띄엄 외치는 소리를 들으니 당신이 죽든지 내 남편이 죽든지 둘 중의 하나는 죽어 달라. 두 사내에게 수치를 보인 것은 죽기보다 괴롭다는 것이었습니다. 아니, 어느 쪽이든 살아남은 사내를 따라가고 싶다고 ——그렇게도 헐떡이며 말했습니다. 저는 그때 사내를 죽이고 싶다는 맹렬한 욕망이 솟았습니다. (어두운 흥분)

이런 소리를 하면 틀림없이 제가 당신들보다 잔인한

인간으로 보일 것입니다. 그러나 그것은 당신들이 그 여자의 얼굴을 보지 못했기 때문입니다. 특히 그 순간의 불타는 눈을 못 보았기 때문입니다. 저는 여자와 눈이 마주친 순간 비록 벼락을 맞는 한이 있더라도 이 여자를 아내로 삼아야겠다고 생각했습니다. 아내로 삼고 싶다. ——제 머릿속에 있었던 것은 오로지 이 생각뿐이었습니다. 그것은 당신들이 생각하는 것처럼 천한 색욕(色慾)이 아니었습니다. 만약 그때 색욕밖에 아무 욕심도 없었다면 틀림없이 저는 여자를 차버리고 달아났을 것입니다. 그랬더라면 제 칼에 남자의 피를 묻힐 일도 없었겠지요. 하지만 어슴푸레한 덤불 속에서 가만히 여자의 얼굴을 본 순간, 저는 남자를 죽이지 않는 한 이곳을 떠나지 않겠다고 결심했습니다.

그러나 남자를 죽이는 데도 비겁한 방법으로는 죽이고 싶지 않았습니다. 저는 사내의 밧줄을 풀어주고 칼로 맞서라고 했습니다. (삼나무 뿌리께에 떨어져 있던 것은 그때 버리고 잊어버린 밧줄입니다.) 사내는 안색을 확 바꾸고서 칼을 뽑아들었습니다. 칼을 뽑았다고 생각하자 말 한마디 없이 맹렬하게 덤벼들었습니다. ——그 결투가 어찌되었는지는 말할 필요가 없겠습니다. 제 칼은 23합(合)째에 상대의 가슴을 찔렀습니다. 23합째에 ——부디 그것을 잊지 말아주십시오. 저는 지금도 그것만큼은 대단한 일이라고 생각합니다. 저와 칼을 그 정도로 맞댄 자는 천하에 그 사내 하나뿐이었으니까요. (쾌활한 미소)

저는 사내가 넘어지자 피묻은 칼을 든 채 여자 쪽을 돌아보았습니다. 그랬더니 ——아, 이게 웬일입니까, 그 여자는 온데간데없는 것이 아닙니까? 저는 여자가 어디로 달아났는가 하고 삼나무 숲속을 찾았습니다. 그러나 댓잎 낙엽 위에는 아무 흔적이 없었습니다. 또 귀를 기울여보아도 들리는 것은 다만 사내의 목에서 나오는 단말마의 소리뿐입니다.

어쩌면 그 여자는 제가 칼싸움을 시작하자마자 사람이라도 부르기 위해서 덤불을 헤치고 달아났는지도 모른다 ——그런 생각이 들자 이번에는 제가 죽을 차례가 되기 때문에 칼이나 활, 화살을 빼앗아가지고 바로 아까의 산길로 나왔습니다. 거기에는 아직 여자의 말이 조용히 풀을 뜯고 있었습니다. 그 뒤의 일은 이야기했자 쓸데없는 말수에 지나지 않겠습니다. 다만 칼만큼은 장안에 들어가기 전에 이미 처분했습니다. ——저의 자백은 이것뿐입니다. 어차피 한번은 가죽나무 꼭대기에 매달릴 머리라고 생각하고 있었으니 부디 극형에 처해주시오. (오연한 태도)

시미즈사(清水寺)에 온 여인의 참회

——그 곤색 스이칸을 입은 사내는 저를 마음대로 하고 나자 묶여 있는 남편 쪽을 보면서 비웃는 것처럼 웃었습니다. 남편은 얼마나 분했겠습니까. 하지만 아무리 몸부림쳐도 몸을 묶은 밧줄은 한층 더 몸에 파고들 뿐이었습니다. 저는 저도 모르게 남편 곁으로 구르

는 것처럼 뛰어갔습니다. 아니 뛰어가려고 했을 뿐입니다. 그 사내가 저를 발로 걸어서 못 가게 넘어뜨린 것입니다. 마침 그 순간입니다. 저는 남편의 눈 속에 뭐라 형언할 수 없는 이상한 빛이 담겨 있는 것을 보았습니다. 뭐라 말할 수 없는——저는 지금도 그 눈 생각만 하면 몸이 부들부들 떨립니다. 말 한마디 할 수 없는 남편은 그 순간 눈에다 모든 마음을 전한 것입니다. 그런데 거기에 반짝이는 것은 노여움도 아니고 슬픔도 아닌——다만 저를 업신여기는 차가운 빛뿐이었습니다. 저는 사내에게 채인 것보다도 그 눈빛에 맞은 것처럼 저도 모를 무슨 소리를 지른 채 정신을 잃고 말았습니다.

그런데 가까스로 정신이 되돌아와서 보니까 곤색 스이칸의 사내는 벌써 어디론가 사라졌더군요. 뒤에는 다만 삼나무 밑둥에 남편이 묶여 있을 뿐이었습니다. 저는 댓잎 낙엽 위에 가까스로 몸을 일으킨 채 남편의 얼굴을 지켜보았습니다. 그러나 남편의 눈빛은 조금도 달라지지 않았습니다. 역시 차가운, 업신여김의 밑바닥에 미움의 빛을 보이고 있었습니다. 부끄러움, 슬픔, 노여움——그때의 제 마음은 뭐라고 해야 좋을지 모릅니다. 저는 비틀비틀 일어서서 남편 곁으로 다가갔습니다.

"여보, 이제 이렇게 된 이상 당신과 함께 살 수는 없어요. 저는 단숨에 죽을 거예요. 그러나——그러나 당신도 죽어주세요. 저의 부끄러움을 보셨습니다. 저는 이대로 당신 혼자 뒤에 남게 해드릴 수 없어요."

제가 있는 힘을 다해서 할 수 있는 말이란 그것뿐이었습니다. 그래도 남편은 더럽다는 듯이 저를 노려보기만 했습니다. 저는 찢어질 듯한 심정을 억누르면서 남편의 칼을 찾았습니다. 그러나 그 도둑에게 빼앗겼는지, 칼은 물론 활도 화살도 덤불 속에는 보이지 않았습니다. 그러나 다행히 단도만은 제 발치에 떨어져 있었습니다. 저는 그 단도를 주워들자 다시 한 번 남편에게 이렇게 말했습니다.

"그럼 목숨을 저에게 주세요. 저도 바로 뒤따르겠습니다."

이 말을 듣고 남편은 저를 멸시하는 듯한 어조로 "죽여라" 하고 한마디 했습니다. 저는 저도 모르게 남편의 옥색 스이칸 가슴에다 쿡, 단도를 찔렀습니다.

이때도 저는 정신을 잃었습니다. 가까스로 주위를 둘러보았을 때는 남편은 묶인 채 벌써 숨져 있었습니다. 그 시퍼런 얼굴 위에는 대나무가 뒤섞인 삼나무 가지의 하늘에서 한줄기 석양빛이 떨어지고 있었습니다. 저는 울음소리를 억누르면서 시체의 밧줄을 풀어 던졌습니다. 그리고 —— 그리고 제가 어떻게 하였는지? 그것만은 더 말할 기운이 없습니다. 어쨌든 저는 도저히 죽을 수가 없었습니다. 단도를 목에 대보기도 하고 산기슭의 연못에 몸을 던지기도 하고 여러 가지를 해보았습니다만 죽지 못하고 이렇게 있는 한 그런 일도 자랑이라 할 수는 없겠지요. (쓸쓸한 미소) 저처럼 쓸개빠진 것은 대자대비하신 관세음보살조차 등을 돌리실지 모릅니다. 그러나 남편을 죽인 저는, 도둑에게 농락당한 저는 대체 어떻게 하면 좋을까요? 대체 저는 ——저는 ——. (갑자기 격심한 흐느낌)

무당의 입을 빌린 사령(死靈)의 이야기

——도둑은 내 아내를 겁탈하고 나자 그곳에 앉은 채 여러 가지로 아내를 위안하기 시작했다. 나는 물론 말을 할 수가 없다. 몸도 삼나무 밑둥에 묶인 채였다. 그러나 나는 그동안에 몇 번이고 아내에게 눈짓을 보냈다. 이 사내의 말을 진심으로 받지 마라, 무슨 소리를 해도 거짓말로 알아라. ——나는 그런 뜻을 전하고 싶었다. 그러나 아내는 초연히 낙엽 위에 앉은 채 가만히 무릎만 바라보고 있었다. 그것이 아무래도 도둑의 말에 귀를 기울이고 있는 것처럼 보이지 않는가? 나는 질투심에 몸부림을 쳤다. 그러나 도둑은 이야기를 차례차례 교묘하게 이끌어갔다. 한번 몸을 더럽힌 이상 남편과의 사이도 좋을 리가 없다. 그런 남편을 따라가기보다 자기 아내가 될 마음은 없느냐? 자기는 그대에게 반했기 때문에 그런 거창한 행동도 한 것이다. ——도둑은 뻔뻔스럽게 그런 소리까지 해댔다.

도둑의 말을 듣더니 아내는 솔깃해서 마치 꿈을 꾸는 것처럼 얼굴을 들었다. 나는 아직 그때처럼 아름다운 아내의 얼굴을 본 적이 없다. 그러나 그 아름다운 아내는 지금 눈앞에 묶여 있는 나를 앞에 놓고 도둑에게 뭐라 대답하였는가? 나는 지금 중유(中有)[7]에 헤매고 있지만 아내의 대답이 생각날 때마다 속에서 불이 나지 않을 수 없다. 아내는 분명히 이렇게 말했다——
“그럼 어디든지 데려가주세요.” (긴 침묵)
아내의 죄는 그것뿐이 아니다. 그것뿐이라면 내가 이 어둠 속에서 지금처럼 괴로워하지 않는다. 아내는 꿈을 꾸는 것처럼 도둑에게 손을 잡히고 덤불 밖으로 나가려다가 갑자기 안색을 바꾸고 삼나무 밑둥의 나를 손가락질했다. “저 사람을 죽여주세요. 저 사람이 살아 있는 한 당신과 함께 갈 수 없어요.”——아내는 미친 사람같이 이렇게 소리쳤다. “저 사람을 죽여주세요.”——이 말은 지금도 폭풍처럼 나를 먼 어둠의 밑바닥에 거꾸로 처박으려 한다. 이런 무서운 말이 한 번이라도 어느 누구의 입에서 나온 적이 있었을까? 이런 저주스런 말이 한 번이라도 누구의 귀에 들린 일이 있을까? 한 번이라도 이만큼, ——(갑자기 터져나오는 조소) 그 말을 들은 도둑도 얼굴빛을 잃었다. “저 사람을 죽여주세요.”——아내는 그렇게 외치면서 도둑의 팔에 매달려 있다. 도둑은 가만히 아내를 바라보며 죽인다고도 죽이지 않겠다고도 대답하지 않고 있는가 싶더니 아내는 대나무 낙엽 위에 도둑의 발에 꼭 한 번 채여 넘어졌다. (다시 터져나오는 조소) 도둑은 조용히 팔짱을 끼고 나에게 눈길을 보냈다. “저 여자를 어떻게 할 참인가? 죽일 건가 살릴 건가? 대답은 그저 끄덕거리기만 하면 된다. 죽일 건가?”——나는 이 말만으로

도 도둑의 죄는 용서해주고 싶다. (다시 긴 침묵)

아내는 내가 망설이는 동안 뭔가 한 마디 외치더니 쏜살같이 덤불 안쪽으로 달려가기 시작했다. 도둑도 순간적으로 달려들었으나 소매도 붙잡지 못한 것 같다. 나는 다만 그런 광경을 환영처럼 바라보고 있었다.

도둑은 아내가 달아난 뒤 칼이나 활, 화살을 집어들자 내 밧줄을 한 군데만 끊어주었다.

"이번에는 내 몸이다." —— 나는 도둑이 덤불 바깥으로 모습을 감출 때 이렇게 중얼거리는 소리를 들은 것같다. 그후로는 사방이 조용했다. 아니, 아직 누군가 웃고 있는 소리가 들렸다. 나는 밧줄을 풀면서 가만히 귀를 기울여보았다. 그러나 그 소리도 알고 보니 나 자신이 울고 있는 소리가 아닌가? (세번째 긴 침묵)

나는 가까스로 삼나무 밑둥에서 지친 몸을 일으켰다. 내 앞에는 아내가 떨어뜨린 단도가 하나 반짝이고 있었다. 나는 그것을 집어들자 단숨에 내 가슴에 꽂았다. 뭔가 비린내나는 덩어리가 내 입으로 치밀어 왔다. 그러나 고통은 전혀 없었다. 다만 가슴이 차가워지니까 한층 주위가 조용해졌을 뿐이다. 아아, 얼마나 조용하냐. 이 산그늘의 덤불에는 작은 새 한마리 와서 울지 않는다. 다만 삼나무나 대나무 끝에 몇 줄기 쓸쓸한 햇살이 비칠 뿐이다. 몇 줄기 햇살이 ——그것도 점점 희미해져간다. ——이제 삼나무도 대나무도 보이지 않는다. 나는 거기에 넘어진 채 깊은 정적에 쌓이고 있다.

그때 누군가 발소리를 죽여 내 곁에 왔다. 나는 그 쪽을 보려고 했다. 그러나 내 둘레에는 어느새 엷은 어둠이 들어차 있었다. 누군가 ——그 누군가는 보이지 않는 손으로 살며시 내 가슴에서 단도를 뽑았다. 동시에 내 입에는 다시 한 번 피가 넘쳐왔다. 나는 그것으로 영구히 중유의 어둠으로 가라앉아버렸다.

1) 헤이안(平安) 시대에 경찰과 재판에 관한 일을 맡아보던 직책.
2) 사냥을 할 때 입었던 옷. 나중에는 귀족의 평상복이 됨.
3) 교토부와 시가현(滋賀縣)의 경계이며 검문소가 있었다.
4) 교토에 있었던 법황사(法皇寺).,
5) 16 나한(羅漢)의 하나.
6) 지방 행정 관청.
7) 죽어서 아직 내세(來世)에 다시 태어나지 않고 헤매는 49일간.

地 獄 變

1

　호리카와(堀川)[1]의 대영주님 같은 분은 지금까지는
물론 앞으로도 다시는 세상에 나타나지 않을 것입니
다. 소문에 듣자니 그분이 태어나실 때 자당(慈堂)의
꿈에 대위덕 명왕(大威德明王)의 모습이 나타났었다고
합니다만, 어쨌든 태어나실 때부터 보통 사람들과 달
랐던 것 같습니다. 그렇기 때문에 그분이 하신 일은
우리 소인배(小人輩)들의 허점을 찌르지 않는 것이 하
나도 없었습니다. 쉬운 이야기로 호리카와의 저택 규
모를 놓고 보아도 장대하다고 할까 호방하다고 할까,
도저히 우리네들의 상상이 미치지도 못할 만큼 엄청난
데가 있었던 것 같습니다. 개중에는 또 그 점을 여러
가지로 따지면서 영주님의 성행(性行)을 시황제(始皇
帝)나 양제(煬帝)에 견주는 자도 있지만 그것은 속담에
나오는 군맹무상(君盲撫象) 격이라고 할 수 있을 것입
니다. 그분의 뜻은 결코 그렇게 자기 자신만 온갖 영
화를 누리시려는 것이 아니었습니다. 그보다는 아랫사

람들의 일을 염려하시는, 말하자면 천하와 함께 즐긴다고나 해야 할 도량을 지니신 분이셨습니다.

그렇기 때문에 니조 대궁(二條大宮)에서 백귀야행(百鬼夜行)을 만나셨어도 별다른 탈이 없었던 것입니다. 또한 미치노쿠(陸奧)의 제염 광경을 본떠 만든 것으로 유명한 저 히가시산조(東三條)에 있는 가와라노인(河原院)에 밤마다 나타난다는 소문이 있는 도루(融) 좌대신(左大臣)의 망령조차 대영주님의 호령 앞에 모습을 감췄다는 건 틀림없는 얘기일 것입니다. 이렇게 위풍이 당당했기 때문에 그 무렵 장안의 남녀노소는 대영주님이라고 하면 마치 권자(權者)의 재래(再來)처럼 우러러본 것도 결코 무리가 아닐 것입니다. 언젠가 궁내에서 있었던 매화연(梅花宴)에서 돌아오실 때 타고 계신 수레에서 소가 풀려 그곳을 지나가던 노인 하나를 다치게 했을 때도 그 노인은 두 손을 합장하고 대영주님의 소에게 받힌 것을 도리어 영광으로 알고 고마워했다고 하지 않습니까.

그런 정도였기 때문에 대영주님 일대 동안만 해도 후세 사람들의 입에 오를 일들이 아주 많았던 것입니다. 천황이 베푼 향연에서 선물로 백마를 30마리나 하사받은 일도 있었고, 나가라(長良) 다리 기둥에 총애하는 시동(侍童)을 세워두신 일도 있었으며, 또 중국의 신비한 의술을 전하는 스님으로 하여금 허벅지 종기를 베어내게 하신 일도 있었습니다. 그러나 그 수많은 일화 중에서도 지금은 이미 대영주님 댁의 귀중한 가보

(家寶)로 되어 있는 지옥변(地獄變)의 병풍에 얽힌 유래만큼 무서운 이야기도 없을 것입니다. 평소에는 무슨 일이 일어나도 도무지 당황하는 일이 없으셨던 대영주님도 그때만큼은 크게 놀라셨던 것입니다. 하물며 곁에서 모시는 우리들이야 혼이 다 나간 것은 말할 나위가 없습니다. 특히 나 같은 사람은 대영주님을 20년이나 섬겨왔지만 그렇게 무시무시한 광경을 본 일은 한번도 없었으니까요.

그러나 그 이야기를 시작하자면 우선 그 지옥변의 병풍을 그린 요시히데(良秀)라는 화가에 관해서 먼저 잠깐 말씀드려야겠습니다.

2

요시히데라고 하면 지금도 그 사람의 일을 기억하고 있는 분이 더러 있을 것입니다. 그 당시 화필에 있어서만큼은 요시히데 오른쪽에 나설 사람이 하나도 없을 것이라고 할 만큼 이름 높은 화가였습니다. 그 일이 일어났을 때는 나이도 그럭저럭 50 고개에 닿았을까요. 보기엔 그저 키가 작고 뼈와 가죽뿐인 심술궂게 생긴 노인이었습니다. 대영주님의 저택에 출입할 때는 흔히 귀족 평상복에 모미에보시를 쓰고 있었습니다만, 인품은 이름과 달리 단지 짐승 같은 느낌을 주었습니다. 어떤 사람은 그가 입으로 그림붓을 물기 때문에 붉은 물감이 묻은 것이라고 합니다만, 글쎄 그 애기가 맞는지는 알 수 없습니다. 하기야 입버릇이 사나운 친

구들은 요시히데의 행동거지가 원숭이 같다고 하면서
사루히데(猿秀)라는 별명까지 붙인 일이 있습니다.

뿐만아니라 사루히데라고 하면 이런 이야기도 있습
니다. 그 무렵 대영주님의 저택에는 열다섯 살 난 요
시히데의 외동딸이 아기시녀로 들어가 있었습니다만
그애는 또 생부와는 닮은 데가 하나도 없는 애교 있는
소녀였습니다. 게다가 일찍 모친을 여읜 탓인지 인정
이 많고 나이에 비해 영악한 천성으로서 눈치가 빨라
안방마님을 비롯한 다른 나이 든 시녀들에게도 귀여움
을 받고 있었습니다.

그런데 무슨 일로 단바(丹波) 지방에서 사람을 잘
따르는 원숭이 한 마리를 헌상한 자가 있었습니다. 마
침 장난이 한창때인 도련님이 이 원숭이한테 요시히데
라는 이름을 붙이셨습니다. 그렇지 않아도 그 원숭이
모양이 우스운데 이런 이름까지 붙여졌으니 저택 안의
어느 누군들 웃지 않는 자가 없었습니다. 그것도 웃기
만 하면 좋겠는데 뭐 뜰의 소나무에 올랐다느니, 새
다다미를 더럽혔느니 하며 그때마다 요시히데 요시히
데 하고 불러대면서 마구 놀려대는 것이었습니다.

그러던 어느 날의 일로 앞에 말씀드린 요시히데의
딸이 편지를 매단 한홍매(寒紅梅) 가지 하나를 들고 긴
마루를 지나고 있자니까, 먼 미닫이 저편에서 이 작은
원숭이가 아마 발목이라도 삐었는지 여느 때처럼 기둥
에 오를 기운도 없이 다리를 절룩거리면서 정신 없이
이쪽으로 도망쳐오는 것이었습니다. 더구나 그 뒤에는

회초리를 든 도련님이 "귤 도둑놈 게 섰거라, 게 섰어!" 하면서 쫓아오시는 것이 아닙니까. 이것을 본 요시히데의 딸은 잠깐 망설이는 듯했으나 마침 도망쳐온 원숭이는 그녀의 하카마(袴)[2] 자락에 매달리면서 슬픈 소리로 울어댔습니다. 그러자 불쌍하다는 마음을 누를 수가 없었던 게지요. 한쪽 손에는 매화 가지를 그대로 든 채 다른 손으로 보랏빛 웃옷 소매를 가볍게 펄럭이며 팔을 벌려 따뜻하게 원숭이를 안아 올리고는 도련님 앞에 허리를 굽히며 "황송하오나 짐승의 일이옵니다. 부디 용서해주십시오" 하고 맑은 소리로 말씀드렸습니다.

그러나 도련님은 감정이 상하여 쫓아오신 판이라 얼굴을 찌푸리고 두세 번 발을 구르시며,

"왜 감싸느냐? 그 원숭이는 귤을 훔친 거다."

"짐승이옵기……."

딸은 다시 한 번 되풀이하더니 쓸쓸한 듯한 미소를 지으며,

"게다가 요시히데라고 하면 소인의 아비가 매를 맞는 것 같아 도저히 그냥 보고 있기가 민망하옵니다" 하고 결심한 듯이 말하는 것이었습니다. 이 말에는 아무리 장난기 많은 도련님일지라도 고집을 꺾으신 것이겠지요.

"그러냐. 부친의 목숨을 비는 것이라면 특별히 용서해주기로 하지."

마지못해 이렇게 말씀하시고 회초리를 버리시더니

아까 나오신 미닫이 저쪽으로 그대로 돌아가버리셨습
니다.

3

요시히데의 딸과 이 조그만 원숭이가 친해진 것은
그로부터의 일이었습니다. 딸은 그 댁 아씨께서 주신
금방울을 예쁜 빨간 끈에 꿰어 원숭이 목에 걸어주었
습니다. 원숭이 또한 무슨 일이 있어도 좀처럼 소녀
옆을 떠나지 않았습니다. 어느 날 소녀가 감기가 들어
서 자리에 누웠을 때도 원숭이는 그 머리맡에 딱 앉아
서 걱정하는 듯한 얼굴로 제 손톱을 자꾸 물어뜯고 있
었습니다.

이렇게 되니 묘한 노릇으로 아무도 전처럼 원숭이를
못살게 굴지 않았습니다. 아니 도리어 사람들이 차차
귀여워하기 시작하였고, 마침내는 도련님도 가끔 감이
나 밤을 던져주시게 되었습니다. 한번은 무사가 이 원
숭이를 발로 차자 도련님이 대단히 화를 내셨다고 합
니다. 그 뒤 대영주님께서 일부러 요시히데의 딸에게
원숭이를 안고 오라는 분부를 내리신 것도 도련님이
그 원숭이 일로 화까지 내셨다는 이야기를 들으셨기
때문이라고 합니다. 그 기회에 자연히 소녀가 원숭이
를 귀여워하게 된 까닭도 들으시게 되었겠지요.

"효녀로구나. 기특한 일인지고."

이런 의미에서 소녀는 그때 붉은 속옷 한 벌을 상으
로 받았습니다. 그런데 이 속옷을 또 원숭이가 공손히

받아드는 흉내를 냈기 때문에 영주님의 기분은 한층 좋으셨던 것입니다. 따라서 영주님이 요시히데의 딸을 좋게 보신 것도 오로지 원숭이를 귀여워한 효도스런 인정을 치하하셨기 때문이지, 결코 항간에서 이러쿵저러쿵 떠드는 것처럼 색을 좋아한 까닭이 아니었습니다. 하기야 이런 소문이 난 것도 무리는 아니지만 그 일은 또 뒤에 가서 차차 이야기하겠습니다. 여기서는 다만 대영주님은 아무리 아름답다 해도 한갓 그림장이의 딸에게 마음을 줄 분이 아니라는 것을 말씀드리면 충분하겠습니다.

그런데 요시히데의 딸은 어전에 나가서 명예를 얻었지만 원래가 영리한 아이였기 때문에 다른 경박한 하녀들의 시샘을 사는 일도 없었습니다. 도리어 그 이후로는 원숭이와 함께 언제나 귀여움을 받고 특히 아씨의 곁을 떠난 적이 없었다고 할 만큼 나들이 나가시는 수레의 시중에도 빠진 일이 없었습니다.

그러나 딸의 이야기는 우선 이 정도로 해두고 지금부터는 다시 요시히데의 이야기로 돌아가겠습니다. 원숭이는 이렇게 해서 이내 모든 사람에게서 귀여움을 받게 되었습니다만 정작 요시히데는 역시 누구나 싫어하는 인물로서 안보이는 데서는 여전히 사루히데로 불리고 있었습니다. 게다가 그것은 저택 안에서만 그런 것이 아니었습니다. 실제로 요카와(橫川)의 스님만 해도 요시히데라면 마치 마귀라도 만나는 것처럼 얼굴빛이 달라지도록 미워하셨습니다. (이것은, 요시히데가 스님의 행동을 희화로 그렸기 때문이라고도 하나, 하여간 아랫 사람들의 소문이었기에 확실한 것은 아닙니다.) 어쨌든 그 사나이의 평판은 어느 분에게 물어보아도 그런 정도였습니다. 혹시 그를 나쁘게 말하지 않는 자가 있었다면 그것은 두세 명의 화가 동료이거나 혹은 그의 그림만 보았을 뿐 그 사람됨은 모르는 자뿐이었을 것입니다.

그러나 사실 요시히데는 보기에만 천한 것이 아니라 사람들이 싫어할 만한 나쁜 버릇이 있어서 그랬던 것이니 그것도 자업자득(自業自得)이라고 할 수밖에 없겠습니다.

4

그 버릇이란 인색하고, 무뚝뚝하고, 수치를 모르고, 게으르고, 욕심 많고——아니 그 중에서도 특히 심한 것은 방자하고 교만하여 언제나 자기가 이 나라 제일의 화가라는 것을 코에 걸고 다니는 일이었다 하겠습니다. 그것도 화도(畵道)에 관해서만 그랬다면 괜찮다 하겠는데 그 사내의 지기 싫어하는 성질은 세상의 풍습이라든지 관례라는 것까지 모두 무시하지 않는 것이 없었습니다. 이것은 여러 해를 요시히데의 제자로 있었던 어떤 사내가 한 이야기입니다만 하루는 어느 분의 저택에서 유명한 무당에게 신이 들려 무서운 신탁(神託)이 있었을 때 요시히데는 그것을 건성으로 들으면서 가지고 있던 붓과 먹으로 그 무당의 무시무시한 얼굴을 면밀하게 그리고 있었다고 합니다. 아마 신령의 저주 따위는 그의 눈으로 본다면 어린애 속임수쯤으로밖에 생각되지 않은 것이겠지요.

그런 사나이였기 때문에 길상천녀(吉祥天女)를 그릴 때는 천한 매춘부의 얼굴을 옮겨놓기도 하고 부동명왕(不動明王)을 그릴 때는 껄렁패 옥졸(獄卒)의 모습으로 만들어놓거나 하면서 여러 가지 불경스런 일을 합니다. 그래도 본인에게 따지면 "요시히데가 그린 신불(神佛)이 그 요시히데에게 명벌(冥罰)을 내린다니 기이한 소리도 다 듣는구려" 하고 시치미를 떼는 것이 아닙니까? 이 말에는 충실한 제자들도 기가 막혀서 개중에는 무슨 일이 일어날지 모르겠다면서 봇짐을 싸가지고 떠난 자도 적지 않았던 것으로 보입니다. ——하여간 한마디로 말해서 만업중첩(慢業重疊)이라고나 이름지을까요. 어쨌든 당시 하늘 아래서 자기만큼 훌륭한 인간은 없다고 생각한 사나이였습니다.

따라서 요시히데가 정작 화도에서는 얼마나 고자세를 취했는지는 새삼 말할 필요도 없겠습니다. 하기야 그림에 있어서도 그는 필법이며 채색이 다른 화가들과 전혀 달랐기 때문에 사이가 나쁜 화가들 사이에는 그가 사기를 친다는 등의 평판도 상당히 있었던 것 같습니다. 그들의 말로는 가와나리(川成)라든지 가네오카(金岡)라든지 그밖의 옛날 명장(名匠)의 붓으로 그려진 그림이란 아름다운 매화꽃에서 달밤마다 향기가 난다느니, 병풍 속의 궁인(宮人)이 피리를 부는 소리가 들렸다느니 하는 우아한 소문이 퍼지는 법이지만, 요시히데의 그림이라면 언제나 기분 나쁜 묘한 소문밖에 나지 않는다는 것입니다. 가령 그가 류가이사(龍蓋寺)[3]의 문에다 그린 오취생사(五趣生死)의 그림만 해도 밤이 깊어 문 아래를 지나노라면 선녀가 한숨을 쉬는 소리나 흐느끼는 소리가 들렸다고 합니다. 아니 개중에는 시체가 썩는 냄새가 나더라는 자까지 있습니다. 그리고 대영주님 분부로 그린 시녀들의 초상화 같은 것도 그 그림에 그려진 사람들은 3년이 못 가서 모두 넋이 빠진 것 같은 병에 걸려서 죽었다고 하지 않습니까. 나쁘게 말하는 자들은 이것이 요시히데의 그림이 사도(邪道)에 빠진 가장 뚜렷한 증거라는 것입니다.

그러나 어쨌든 아까도 말씀드린 바와 같이 괴짜 사나이이기 때문에 그것이 도리어 요시히데에게는 큰 자랑거리였습니다. 언젠가 대영주님이 농담으로 "그대는 추악한 것을 좋아하는가 보군" 하고 말씀하셨을 때도 나이에 어울리지 않는 빨간 입술로 빙긋이 기분 나쁘게 웃으면서 "그러하옵니다. 엉터리 화가들은 추악한 것의 아름다움을 알 턱이 없습니다" 하고 거만하게 대답했던 것입니다. 아무리 당대 제일의 화가라 해도 대영주님 앞에서 어떻게 감히 그런 큰소리를 할 수 있었나 말입니다. 앞에서 언급했던 제자도 속으로 스승에게 지라영수(智羅永壽)란 별명을 붙여 교만벽(驕慢癖)을 욕하고 있었는데 그것도 무리가 아닙니다. 알고 계시겠지만 '지라영수'라는 것은 옛날 중국에서 건너온 덴구(天狗)[4]의 이름입니다.

그러나 이 요시히데에게도 —— 말할 수 없이 방자한 요시히데에게도 꼭 한 가지 인간다운 정애(情愛)가 깃든 곳이 있었습니다.

5

그것은 요시히데가 외동딸을 마치 미친 사람처럼 끔찍이 사랑했다는 사실입니다. 아까도 말씀드린 바와 같이 딸은 마음이 아주 곱고 자기 아버지를 생각하는 마음도 컸지만 이 사나이의 자식 사랑은 결코 그보다 덜하지 않았습니다. 어쨌든 딸이 입는 옷이나 머리에 꽂는 것이라면 어느 절에도 시주 한번 한 일 없는 그가 무엇이든 돈을 아끼지 않고 사주었으니 거짓말 같은 일이 아닙니까.

그러나 요시히데가 딸을 귀여워하는 것은 다만 귀여워할 뿐이지 장차 좋은 사위라도 얻어주겠다든지 하는 일은 꿈에도 생각해본 적이 없었습니다. 뿐만아니라 딸에게 마음을 두고 가까워지려는 녀석이라도 있다면 도리어 거리의 깡패라도 불러모아 밤길에서 두들겨패기라도 할 정도였습니다. 그랬기 때문에 그 딸이 대영주님의 부르심으로 시녀로 들어가게 되니, 그로서는 너무나 못마땅해서 한동안은 어전에 나가도 얼굴을 찌푸리고 있기만 했습니다. 대영주님이 그녀의 아름다움에 마음이 끌려서 아비가 마다는데도 억지로 불러들였다는 소문도 대개 이런 모습을 본 자들의 억측에서 나온 것이라고 생각됩니다.

그런 소문은 거짓말이었지만, 요시히데가 자식 사랑의 일심에서 늘 딸을 돌려보내달라고 기원하고 있었던 것은 확실합니다. 한번은 대영주님의 분부로 아기 문수(文珠)를 그렸는데 대영주님이 총애하는 동자의 얼굴을 옮겨다 그린 뛰어난 작품이었으므로 대영주님도 지극히 만족하시어 "상을 주겠으니 무엇이 소원인지 사양말고 말하여라" 하는 고마운 말씀을 내리셨습니다. 그러자 요시히데는 황공하다면서 하는 소리가,

"부디 제 딸년을 돌려보내주시면 고맙겠습니다" 하고 거침없이 말하는 것이었습니다. 다른 저택에 있는 아이라면 몰라도 호리카와의 대영주님을 섬기고 있는 것을 아무리 귀엽기로서니 이렇게 무례하게 돌려보내달라고 하는 자가 또 어디 있겠습니까.

이에는 도량이 크신 대영주님도 기분이 좀 상하셨는지 한동안은 아무 말 없이 요시히데의 얼굴을 보고 계시더니 이윽고,

"그건 안돼" 하고 내뱉듯이 말씀하시더니 급히 그대로 일어서서 나가버리셨습니다. 이런 일이 아마 네댓 번은 있었을 것입니다. 지금에 와서 생각해보니 대영주님이 요시히데를 보시는 눈도 그때마다 점점 차가워지는 것 같았습니다. 그러자 딸은 아버지가 걱정되었기 때문이겠지요. 제 방에 물러나 있을 때는 가끔 옷깃을 깨물며 훌쩍훌쩍 울고 있었습니다. 그래서 대영주님이 요시히데의 딸에게 마음을 두고 있다는 따위의 소문이 더욱 퍼지게 된 것이라 하겠습니다. 개중에는

지옥변의 병풍의 유래도 실은 그녀가 대영주님의 뜻에 따르지 않았기 때문이라는 식으로 말하는 자도 있으나 애초부터 그런 일이 있을 턱이 없습니다.

우리 같은 자가 보기에는 대영주님이 요시히데의 딸을 내보내주지 않으신 것은 오로지 그녀의 신상을 불쌍히 여기셨기 때문인 것 같습니다. 저런 고집쟁이 아비 곁에 있게 하느니 자신의 저택에 두고 맘껏 자유를 누리며 살게 해주시겠다는 고마운 생각인 것 같았습니다. 그것은 물론 마음씨 고운 그 딸을 아끼는 일임에는 틀림없습니다. 그러니 색을 좋아했다는 것은 견강부회(牽强附會)로 볼 수밖에 없습니다. 아니 터무니없는 거짓말이라고 하는 것이 옳을 것입니다.

그 일은 어쨌든 이렇게 딸의 일로 해서 요시히데에 대한 대영주님의 생각이 아주 나빠졌을 때의 일입니다. 무슨 생각이셨는지 대영주님은 갑자기 요시히데를 부르셔서 지옥변의 병풍을 그리라는 분부를 내리셨습니다.

6

지옥변의 병풍이라는 말만 해도 저는 벌써 무서운 그 화면의 정경이 눈앞에 생생하게 떠오르는 것 같은 느낌이 듭니다.

같은 지옥변이라 해도 요시히데가 그린 것은 다른 화가들이 그린 것과 비교할 때 첫째로 그 구도부터 전혀 색다른 것입니다. 그림은 한 폭의 병풍으로 시왕

(十王)을 위시한 권속(眷屬)들의 모습을 구석에다 조그맣게 그려놓고 나서 나머지는 온통 무시무시한 불길이 산도 나무도 삼켜버릴 듯이 사납게 소용돌이치고 있는 것입니다. 명관(冥官)들의 당풍(唐風) 의상이 점점이 노랑이나 남빛을 띠고 있을 뿐, 어디를 보나 활활 타오르는 무서운 불길입니다. 그리고는 온통 만(卍)자 모양으로 먹을 튀긴 검은 연기와 금가루를 뿌린 불티가 미친 듯 활개치고 있는 것입니다.

이것만으로도 벌써 충분히 사람들의 눈을 놀라게 할 필세(筆勢)입니다만 그 위에 업화(業火)에 불태워지면서 여기저기서 괴로워하고 있는 죄인들도 하나같이 여느 지옥도(地獄圖)에 있는 모습이 아닙니다. 왜냐하면 요시히데는 이 많은 죄인들을 위로는 고관이나 선인(仙人)에서 아래로는 거지나 천인에 이르기까지 모든 신분의 사람들을 망라해서 그렸기 때문입니다. 속대(束帶)도 어마어마한 궁중인(宮中人), 오의(五衣)도 요염한 새파란 시녀, 염주를 걸친 염불승(念佛僧), 굽 높은 나막신을 신은 무사 서생, 긴 옷을 입은 여자 아이, 신에게 바치는 제물을 추켜든 음양사(陰陽師)——하나하나 헤아리자면 한이 없습니다. 어쨌든 그런 가지각색의 인간들이 불꽃과 연기가 회오리치는 속에서 머리가 소나 말의 형태인 옥졸들에게 시달리고 바람에 날리는 낙엽처럼 뒤섞이면서 사방팔방으로 쫓겨다니고 있는 광경입니다. 갈래진 창날에 머리카락이 감긴 채 거미처럼 팔다리를 오그리고 있는 여자는 전신(前身)이 무당이었는지도 모릅니다. 창으로 가슴이 꿰뚫린 채 박쥐같이 거꾸로 들린 사내는 아마 어느 지방관 따위임에 틀림없습니다. 그밖에 혹은 쇠몽둥이로 두들겨맞는 자, 혹은 집채만한 바위에 짓눌리는 자, 혹은 괴조(怪鳥)의 부리에 찍히는 자, 혹은 청룡의 이빨에 물리는 자 ——가책도 죄인의 수에 따라 몇 가지인지 모릅니다.

그러나 그 중에서도 유난히 눈을 끄는 무시무시한 모습은 마치 짐승의 이빨 같은 칼숲의 꼭대기를 거의 스칠 듯이 지나서 (그 꼭대기에는 수많은 망자(亡者)들이 줄줄이 오체를 꿰뚫리고 있지만) 하늘에서 내려오는 한 대의 우차(牛車)라 하겠습니다. 지옥의 바람에 활짝 올려진 수레의 주렴 안에는 여인이, 궁중 여인의 옷인가 싶게 눈부신 옷을 입은 궁녀가 길게 늘어뜨린 검은 머리카락을 불길 속에 휘날리면서 흰 목덜미를 뒤로 젖히고 몸부림치며 괴로워하고 있는데, 그 시녀의 모습으로 보나 불이 붙어 한창 타고 있는 우차로 보나, 무엇 하나 염열지옥(炎熱地獄)의 형벌을 상상케 하지 않는 것이 없습니다. 말하자면 그 넓은 화면의 무서움은 이 한 사람에게 집중되어 있다고나 할까요. 이것을 보는 자의 귓전에는 처참한 절규의 소리가 들려올 것만 같은 입신(入神)의 경지에 이른 작품인 것입니다.

아아, 바로 이것입니다. 이것을 그리기 위해서 그 무서운 사건이 일어난 것입니다. 또 그런 일이 없었던들 아무리 요시히데라 해도 어떻게 이토록 생생한 나락(奈落)의 고뇌를 그릴 수가 있었겠습니까. 그는 이 병풍 그림을 그린 대신 목숨마저 버리는 무참한 꼴을 당하게 된 것입니다. 말하자면 이 그림의 지옥은 당대 제일의 화가 요시히데 자신이 언젠가 떨어져 갈 지옥이었던 것입니다.

나는 그 희귀한 지옥변의 병풍에 대해서 말하는 것을 서둔 나머지 어쩌면 이야기의 순서를 뒤바꿔서 말했는지도 모릅니다. 그러나 이제부터는 다시 차례를 따라서 대영주님으로부터 지옥도를 그리라는 분부를 받은 요시히데의 이야기로 되돌아가기로 합시다.

7

요시히데는 그로부터 6개월 동안 저택에도 출입하는 일 없이 병풍의 그림에만 골몰하고 있었습니다. 그토록 자식 사랑이 컸지만, 일단 그림에 정신을 쏟게 되자 딸의 얼굴이 보고 싶지도 않다는 것은 이상한 일이 아닙니까. 아까 말씀드린 제자의 이야기로는 하여간 그는 일을 시작했다 하면 마치 여우에게라도 홀린 것처럼 된다는 것입니다.

아니 사실 당시의 풍문에 의하면 요시히데가 화도에서 이름을 떨치게 된 것은 복덕(福德)의 대신(大神)에게 기원을 드린 덕분이며, 그 증거로는 그가 그림을 그리는 것을 그늘에 숨어서 살짝 엿볼 것 같으면 으레 음울한 여우의 모습이 한 마리뿐 아니라 사방에 떼지어 있는 것이 보이더라는 등의 소리를 하는 자도 있었습니다. 그 정도였기 때문에 일단 화필을 들게 되면 그림 그리는 것 말고는 모든 것을 다 잊어버리는 것이겠지요. 밤낮없이 방안에 틀어박힌 채 좀처럼 해를 보는 일이 없습니다. 특히 지옥변의 병풍을 그렸을 때는 그런 열중의 도가 한층 심했던 것 같습니다.

이렇게 말씀드리는 것은 그가 낮에도 덧문을 닫은 방안에서 등잔불 아래 비밀의 그림물감을 배합하거나 혹은 제자들을 불러들여 평상복 등 갖가지 옷을 입혀 놓고 그 모습을 한 사람씩 꼼꼼하게 그린다거나 —— 그런 일이 아니었습니다. 그 정도의 색다른 일이라면 유독 저 지옥변의 병풍이 아니라도 그림을 그릴 때는 언제라도 그런 일을 못할 것이 없는 사람이기 때문입니다. 아니 사실 류가이사의 오취생사의 그림을 그릴 때는 보통 사람 같으면 일부러 외면을 하고 지날 거리의 시체 앞에 유유히 앉아 반쯤 썩어 문드러진 얼굴이며 수족을, 머리카락 하나 틀리지 않게 그대로 그려왔던 것입니다. 그럼 그가 지나치게 열중한다는 것이 도대체 어떻게 한다는 것인지 좀처럼 모르실 분도 계실 것입니다. 그 일에 대해서는 여기서 지금 자세히 말씀드릴 겨를이 없습니다만 대충 간추려 말씀드리자면 이런 내용이라 하겠습니다.

요시히데의 제자 하나가 (이것도 역시 앞에서 말한 사나이입니다만) 어느 날 물감을 개고 있자니까 갑자기 스승이 와서,

"나는 낮잠을 좀 자겠다. 한데 요즈음 통 꿈자리가

사납구나” 하고 말하는 것이었습니다. 이것은 별로 이상할 것도 없는 일이어서 제자는 손을 쉬지 않고 다만,

“그렇습니까?”

하고 지나가는 인사말로 대꾸했습니다. 그런데 요시히데는 여느 때와 다른 쓸쓸한 얼굴로,

“그러니 내가 낮잠을 자는 동안 내 머리맡에 좀 앉아 있어다오”

하고 미안한 듯이 부탁하는 것이 아닙니까. 제자는 스승이 꿈 따위를 걱정하는 것이 여느 때와 다르기 때문에 이상하다고 생각했으나 그것도 별로 힘든 일이 아니었기 때문에, “그렇게 하지요” 하고 말했습니다. 그래도 스승은 여전히 걱정스러운 듯이,

“그럼 곧 안으로 와다오. 그리고 이따가 다른 제자가 와도 내가 자고 있는 곳에 들어오지 못하게 해다오”

하고 머뭇거리면서 말했습니다. 안이라고 한 것은 그가 그림을 그리는 방입니다. 그날도 밤중같이 문들을 처닫은 뒤에 불을 희미하게 밝혀놓은 채 아직 목탄으로 윤곽밖에 잡지 않은 병풍을 빙 둘러 세워놓고 있었다고 합니다. 하여간 그곳으로 들어오자 요시히데는 팔뚝을 베개삼고 마치 고단해 죽겠다는 사람처럼 금세 쿨쿨 잠이 들어버렸습니다. 그런데 반시간도 안 되어서 머리맡에 앉아 있던 제자의 귀에는 뭐라 표현할 길 없는 괴상한 소리가 들리기 시작했습니다.

8

처음에는 그것이 소리뿐이었다가 조금 지나자 점점 띄엄띄엄 말이 되고, 말하자면 물에 빠진 사람이 허우적거리며 하는 소리처럼 이런 말을 했다는 것입니다.

"뭐, 나보고 오라고? ——어디로 ——어디로 오라고? 나락으로 오라. 염열지옥으로 오라. ——누구냐? 그러는 네놈은 누구냐 ——누군가 했더니."

제자는 자기도 모르게 물감을 개던 손을 멈추고 두려움에 떨며 스승의 얼굴을 들여다보았더니 주름투성이의 얼굴이 하얗게 질린 채 진땀을 흘리면서 바싹 마른 입술에 고르지 못한 이를 드러내고 입을 크게 벌린 채 숨을 몰아쉬고 있었습니다. 그리고 그 입 속에 무엇인가 실이라도 꿰어 잡아당기고 있지나 않나 싶을 정도로 바쁘게 움직이는 것이 있어서 잘 보니 그것은 그의 혓바닥이었다고 합니다. 띄엄띄엄 하는 말은 물론 그 혀에서 나오는 것이었습니다.

"누군가 했더니 ——응, 네놈이었구나. 나도 네놈일 거라고 생각하고 있었다. 뭐, 마중을 나왔다고? 그러면 오라. 나락으로 오라. 나락에는 ——내 딸이 기다리고 있다."

그때 제자의 눈에는 몽롱하고 기괴한 그림자들이 병풍 위를 스쳐 흐늘흐늘 내려오는 것처럼 보일 만큼 섬뜩한 느낌이 들었다고 합니다. 물론 제자는 곧 요시히데에게 손을 대어 힘껏 흔들었습니다만 스승은 아직도 꿈결에 혼잣말을 계속하면서 쉽게 잠이 깰 기색이 보이지 않았습니다. 그래서 제자는 곁에 있던 붓을 씻는 물을 대담하게도 스승의 얼굴에다 주르륵 들어부었습니다.

"기다리고 있을 테니 이 수레에 타고 오라 —— 이 수레에 타고 나락으로 오라."

그런 소리가 목을 조이는 것 같은 신음 소리로 바뀌었다 싶어 물을 붓자 가까스로 요시히데는 눈을 뜨고 바늘에라도 찔린 것처럼 후닥닥 뛰쳐 일어났습니다만 아직도 꿈속의 괴상한 물체들이 눈망울 속에서 떠나지 않았는지 한동안은 그저 무서워하는 눈길로 역시 입을 크게 벌린 채 허공을 바라보고 있더니 이윽고 정신이 돌아온 듯이,

"이제 괜찮으니 저리 가다오"
하고 이번에는 너무나 쌀쌀하게 말하는 것이었습니다. 이런 때 그의 기분을 거스르면 크게 혼나기 때문에 제자는 얼른 스승의 방에서 나왔습니다만 밝은 바깥 햇살을 보자 마치 자기가 악몽에서 깨어난 것같이 마음이 놓였다고 합니다.

그러나 이 정도는 아직 좋은 편으로서 그후 한 달쯤 지나자 이번에는 또 다른 제자가 안으로 불려들어갔습니다. 요시히데는 역시 희미한 등잔불 아래서 붓을 씹고 있다가 갑자기 제자 쪽으로 돌아앉더니,

"수고스럽지만 또 옷을 벗어주게"
하고 말하는 것입니다. 이것은 그때까지 여러 번 겪은

일이었기 때문에 제자는 곧 옷을 벗어던지고 알몸이 되자 스승은 묘하게 얼굴을 찌푸리면서,

"나는 쇠사슬로 묶인 사람이 보고 싶은데 안됐지만 잠깐 내가 하는 대로 가만히 있어 주지 않겠나?"

하면서 그러나 조금도 안되었다는 빛도 없이 쌀쌀하게 이렇게 말했습니다. 원래 이 제자는 그림붓을 쥐기보다는 칼이라도 잡는 것이 나을 것 같은 건장한 젊은이였습니다만, 이 말에는 그도 놀라서 뒷날 그때 이야기를 꺼낼 때면,

"이제 주인이 미쳐서 나를 죽이려는 것이 아닌가 생각했습니다"

라고 거듭 말했다는 것입니다. 그러나 요시히데는 상대가 머뭇거리고 있는 것이 초조했던 것이겠지요. 어디서 꺼냈는지 쇠사슬을 짜르랑짜르랑 손으로 당기면서 거의 덤벼드는 기세로 제자의 등에 올라타더니 좋다 싫다 물을 것도 없이 그대로 양팔을 비틀어 올려 칭칭 감아버렸습니다. 그러고는 쇠사슬 끝을 심술사납게 확 잡아당겼기 때문에 견뎌낼 재간이 없었습니다. 제자의 몸은 중심을 잃고 쿵하고 마루를 울리면서 옆으로 넘어져버렸던 것입니다.

9

그때의 제자의 모습은 마치 술통을 굴린 것 같다고나 할까요. 하여간 손발을 사정 없이 비틀려 사슬에 묶여버렸으니 움직일 수 있는 것은 머리밖에 없었습니

다. 게다가 뚱뚱한 온몸의 피가 조여든 쇠사슬로 순환
이 멈추었기 때문에 얼굴이든 몸통이든 온몸의 피부가
온통 검붉게 변하는 것이 아닙니까. 그러나 요시히데
는 그런 일은 아무렇지도 않다는 듯이 술통 같은 몸뚱
이 둘레를 이리저리 살피면서 그와 똑같은 그림을 몇
장이고 그리고 있었습니다. 그동안 묶여 있는 제자의
몸이 얼마나 아프고 괴로웠는가 하는 것은 새삼 말할
필요도 없겠습니다.

　그러나 만약 그때 아무 일도 일어나지 않았었다면
그 고통은 아마 좀더 계속되었을 것입니다. 다행히
(그와 반대로 불행이라고 해야 할지도 모릅니다) 조금 있으
니까 방구석에 있는 단지의 그늘에서 까만 기름 같은
것이 한줄기 가늘게 흘러나오고 있었습니다. 처음에는
그것이 상당히 끈적거리는 것처럼 천천히 움직이고 있
다가 점점 매끄럽게 미끄러지기 시작하더니 이윽고 반
짝반짝 빛나면서 코앞까지 흘러오는 것을 보자 제자는
자기도 모르게 숨을 들이마시며,
　　"뱀 —— 뱀이"
하고 외쳤습니다. 그때는 몸안의 피가 한꺼번에 얼어
붙는 느낌이 들었다고 하는데 그것도 무리는 아니었을
것입니다. 뱀은 사실 조금만 더 가면 쇠사슬이 파고든
목덜미의 살갗에 그 차가운 혀끝을 댈 수 있었습니다.
이 뜻밖의 일에는 제아무리 간이 큰 요시히데도 섬뜩
했을 것입니다. 얼른 화필을 내던지며 쏜살같이 몸을
굽히더니 재빠르게 뱀꼬리를 잡고 거꾸로 치켜들었습

니다. 뱀은 거꾸로 매달린 채 머리를 쳐들어 제 몸을 칭칭 감았지만 아무리 해도 그의 손까지는 닿지 못하였습니다.

"너 때문에 아까운 일필(一筆)을 놓친 게야."

요시히데는 화가 치미는 것처럼 이렇게 중얼거리더니 뱀을 그대로 방구석 단지 속에 처넣어버렸습니다. 그리고는 마지못해 제자의 몸에 감겨 있는 쇠사슬을 풀어주었습니다. 그것도 그저 풀어주기만 했을 뿐이고 제자에게는 위로의 말 한마디 건네주지 않았습니다. 아마 제자가 뱀에게 물리는 것보다는 일필을 놓친 것이 화가 났던 모양입니다. ──나중에 들으니까 이 뱀 역시 실사(實寫)를 그리기 위해서 일부러 기르고 있었다고 합니다.

이런 이야기만 들어도 요시히데의 미치광이 같은, 왠지 기분 나쁜 열중의 정도를 대강 아셨을 것입니다. 그런데 마지막으로 또 한 가지, 이번에는 아직 열서너 살밖에 안 된 제자가 역시 지옥변의 병풍 때문에 목숨을 잃을 뻔한 무서운 일을 겪은 이야기가 있습니다. 그 제자는 원래 얼굴이 흰 여자 같은 소년이었는데 어느 날 밤 스승에게 불리어 아무 생각 없이 들어가니 요시히데는 등잔 아래에서 손바닥 위에 뭔가 비린내 나는 고기를 올려놓고 처음 보는 새 한 마리에게 먹이고 있었습니다. 크기는 보통 고양이 정도 되어 보였습니다. 그러고 보니 귀처럼 양쪽으로 불거져 나온 깃털이라든지 호박(琥珀) 같은 빛깔의 커다랗고 동그란 눈이라든지 어딘지 고양이를 닮은 새였습니다.

⑩

　원래 요시히데란 사나이는 무엇이고 자기가 하는 일에 간섭받는 것을 아주 싫어해서 아까 말씀드린 뱀 같은 것도 그러합니다만 자기 방에 무엇이 있든 그런 것은 일체 제자들에게 알린 적이 없었습니다. 그래서 어떤 때는 책상 위에 해골이 놓여 있거나 어떤 때는 은으로 만든 공이나 금가루로 무늬를 새긴 굽 높은 칠기 술잔이 늘어서 있거나, 그때그때 그리는 그림에 따라 생각지도 못할 물건들이 나오는 것입니다. 그러나 평소에는 그런 물건들을 어디에 넣어두는지 아무도 아는 사람이 없었다고 합니다. 그가 복덕의 대신의 명조(冥助)를 받고 있다는 따위의 소문이 난 것도 아마 그런 일이 있었기 때문이라 하겠습니다.

　그래서 제자는 책상 위의 이 기괴한 새도 역시 지옥변의 병풍을 그리는 데 필요한 것이겠거니 생각하면서 스승 앞에 무릎을 꿇고 "무슨 일이십니까?" 하고 공손히 말했습니다. 요시히데는 마치 그 소리가 들리지 않았다는 듯이 빨간 입술을 혀로 핥으면서 "어떠냐, 길이 잘 들었지?" 하고 새를 턱으로 가리켰습니다.

　"이것은 무슨 새입니까? 저는 이런 새를 본 일이 없습니다만."

　제자가 이렇게 말하면서 귀가 달린 고양이 같은 새를 기분 나쁜 듯이 힐끗힐끗 쳐다보자 요시히데는 여

전히 비웃는 것같이,

"뭐, 본 일이 없어? 도시에서 자란 애들은 이래서 탈이야. 이것은 2,3일 전에 구라마(鞍鳥)의 사냥꾼이 내게 갖다준 수리부엉이란 새야. 그러나 이렇게 잘 길들여진 것은 흔치 않을 게다."

이렇게 말하면서 그는 천천히 손을 들어 마침 먹이를 다 먹은 수리부엉이의 등 털을 살며시 아래에서 위로 쓸어 올렸습니다. 그러자 그 순간이었습니다. 새는 날카로운 소리로 짧게 한번 울었는가 싶자, 갑자기 책상 위에서 날아올라 두 발의 발톱을 세우면서 제자의 얼굴에 사정 없이 덤벼들었습니다. 만일 그때 제자가 소매를 얼른 추켜들어 얼굴을 가리지 않았다면 틀림없이 한두 군데는 긁혔을 것입니다. 으악, 하면서 소매를 추켜들어 쫓으려 하는 것을 수리부엉이는 부리를 딱딱 울리면서 다시 또 일격 —— 제자는 스승 앞인 것도 잊고 일어서서 덤비는 새를 막으며, 자기도 모르게 좁은 방안을 이리저리 피해 다녔습니다. 그 이상한 새도 그를 따라 높게 낮게 날면서 틈만 있으면 쏜살같이 눈을 노리고 덤볐습니다. 그때마다 새는 무섭게 홰를 치는데 그것이 낙엽 냄새인지, 폭포의 물보라인지, 혹은 원숭이 술(猿酒)의 시큼한 냄새인지, 무언가 기괴한 분위기를 몰고 와 그 기분 나쁨이란 이루 말할 수가 없었습니다. 제자는 희미한 등불이 몽롱한 달빛인가 싶었고 스승의 방이 그대로 깊은 산속의 요기(妖氣)가 들어찬 골짜기 같아서 불안했다고 합니다.

그러나 제자가 무서웠던 것은 수리부엉이에게 쫓긴
다는 그것만이 아니었습니다. 아니 그보다도 한층 몸
서리가 쳐지는 것은 스승 요시히데가 그 소란을 냉정
하게 바라보면서 천천히 종이를 펴고 붓을 혀끝으로
다듬어 여자 같은 소년이 괴상한 새에게 시달리는 무
서운 광경을 그리고 있었다는 것입니다. 제자는 힐끗
그것을 보자 갑자기 뭐라 표현할 길 없는 공포에 사로
잡혀 스승이 자기를 죽이려 하는 것이 아닌가 하는 생
각이 들었다는 것입니다.

Ⅱ

사실 스승이 자기를 죽일 거라는 생각도 그리 틀린
생각은 아니었습니다. 실제로 그날 밤 일부러 제자를
불러들인 것도 실은 수리부엉이를 덤벼들게 해서 제자
가 달아나는 광경을 그리려는 속셈이었던 것입니다.
그래서 제자는 스승의 모습을 얼핏 보자마자 자기도
모르게 양쪽 소매로 머리를 감싸면서 뭐라고 했는지
생각도 나지 않는 비명을 지르면서 그대로 방구석 미
닫이 아래 엎드려버렸습니다. 그러자 그 바람에 요시
히데도 뭔가 당황한 듯한 소리를 지르면서 일어선 기
색이더니 갑자기 수리부엉이의 날개 소리가 아까보다
더욱 거칠어지고 물건이 넘어지는 소리와 깨지는 소리
가 요란하게 들리는 것이 아닙니까. 이에 더욱 놀란
제자는 자기도 모르게 감쌌던 머리를 들어보니 방안은
어느새 깜깜해지고 스승이 제자들을 불러들이는 소리

가 초조하게 들렸습니다.

이내 제자 하나가 멀리서 대답을 하더니 불을 들고 급히 달려왔는데 그을음 냄새가 나는 그 불빛으로 보니 등잔이 넘어져서 다다미도 마루도 온통 기름투성이인 데다가 아까의 수리부엉이가 한쪽 날개만을 괴로운 듯이 파닥거리며 이리저리 굴러다니고 있는 것입니다. 요시히데는 책상 건너편에서 반쯤 몸을 일으킨 채 어리둥절한 얼굴로 무슨 소린지 알아들을 수도 없는 말을 불평스럽게 중얼거리고 있었습니다. ——그것도 무리는 아니었습니다. 그 수리부엉이 몸에는 시커먼 뱀 한 마리가 목에서부터 한쪽 날개에 걸쳐 꽉 휘감겨 있었던 것입니다. 아마 이것은 제자가 주저앉는 바람에 그 옆에 있던 단지가 뒤집혀 그 안에 있던 뱀이 기어 나온 것을 수리부엉이가 어설프게 덤벼들었기 때문에 이런 소동이 난 것이겠지요. 두 제자는 서로 얼굴을 쳐다보며 한동안 그저 이 광경을 멍하니 바라보고 있더니만 이윽고 스승에게 묵례를 하고 살금살금 자기 방으로 달아나버렸습니다. 뱀과 수리부엉이가 그후 어떻게 되었는지 아는 자는 아무도 없었습니다.

이와 비슷한 일은 그 일 말고도 여러 번 있었습니다. 앞에서 빠뜨렸습니다만, 지옥변의 병풍을 그리라는 분부가 내린 것이 초가을이었기 때문에 그후 겨울이 다 가도록 요시히데의 제자들은 언제나 스승의 괴상한 거동을 무서워하며 지내야 했습니다. 그러나 그 겨울이 끝날 무렵 요시히데는 병풍의 그림을 그리는

데 있어 무엇인가 마음대로 안 되는 일이 생겼는지, 이때까지보다 한층 침울해지고 말하는 것도 눈에 띄게 거칠어졌습니다. 그와 동시에 병풍의 그림도 초벌 그림이 80퍼센트쯤 완성된 채 더 진척될 기색이 없었습니다. 아니 어쩌면 지금까지 그린 것마저 지워 없애기나 할 것 같은 기색이었습니다.

그러면서도 병풍의 무엇이 마음대로 안 되는지 아무도 아는 사람이 없었습니다. 또 알려고 한 사람도 없었을 것입니다. 전에 여러 가지 일에 혼이 난 제자들은 마치 호랑이와 같은 우리에 있는 심정으로 스승 곁으로는 될수록 가까이 가지 않을 궁리만 하고 있었으니까요.

12

따라서 그동안의 일에 대해서는 별로 말씀드릴 얘깃거리도 없습니다. 만일 구태여 말씀드려야 한다면 그것은 그 고집센 늙은이가 묘하게 눈물이 흔해져서 사람이 없는 곳에서 가끔 혼자 울고 있었다는 이야기 정도일 것입니다. 특히 어느 날 무슨 일로 제자 하나가 뜰 앞에 왔을 때 보니 복도에 서서 멍하니 봄이 머지 않은 하늘을 바라보고 있는 스승의 눈에 눈물이 가득하더라는 이야기였습니다. 그것을 본 제자는 도리어 이쪽이 부끄러운 느낌이 들어서 아무 말 없이 살그머니 돌아왔다고 합니다만, 오취생사의 그림을 그릴 때는 길바닥의 시체 앞에 앉아 그대로 모습을 옮겨왔다는 오만한 그 인간이 병풍의 그림이 마음대로 그려지지 않는 따위의 일로 어린애같이 울다니 이 얼마나 이상한 일입니까.

그런데 한편 요시히데가 이렇게 마치 제정신이 아닌 사람처럼 열중해서 병풍의 그림을 그리고 있는 동안 다른 한편에서는 그의 딸이 왠지 자꾸 침울해져 가끔 눈물을 참고 있는 모습이 우리네 눈에까지 띄게 되었습니다. 원래가 수심어린 흰 얼굴에다 정숙한 표정의 여자였으니만큼 이렇게 되니 뭔가 눈꺼풀이 무거워 뵈고 눈 둘레에 그늘이 진 것 같은 지나치게 쓸쓸한 모습이었습니다. 처음에는 뭐 아버지를 생각하느라고 그러느니, 뭐 사랑 때문에 고민을 해서 그렇다느니 하며 여러 가지 억측들이 나돌았지만 중간에는 그게 아니라 대영주님이 자기 뜻에 따르도록 강요하기 때문에 그렇다는 소문이 나돌기 시작하자 왠지 갑자기 그녀에 관한 소문은 잊혀진 것처럼 사람들의 입에 좀처럼 오르내리지 않았습니다.

마침 그 무렵의 일이었습니다. 어느 날 밤 시각이 이슥해서 제가 혼자 마루를 지나가고 있자니까 그 원숭이 요시히데가 느닷없이 어디서 튀어나오더니 제 하카마 자락을 자꾸 잡아끄는 것이었습니다. 그때는 분명히 매화 향기라도 풍길 것 같은 희미한 달빛의 따뜻한 밤이었습니다만 그 빛으로 살펴보니 원숭이는 허연 이빨을 드러내고 코끝을 주름지으면서 미친 것처럼 시끄럽게 울어대는 것이 아닙니까. 저는 기분 나쁜 것이

30퍼센트쯤이고, 새 하카마를 잡아끌어 괘씸한 것이 70퍼센트쯤으로 처음에는 원숭이를 걷어차버리고 그대로 지나쳐버릴까도 생각했으나, 전에 이 원숭이를 때렸기 때문에 도련님의 노여움을 산 무사의 일이 생각났습니다. 게다가 원숭이의 거동이 아무래도 예삿일로 생각되지 않았습니다. 그래서 마침내 저는 마음을 정하고 원숭이가 잡아끄는 쪽으로 5,6간 걸어갔습니다.

그러자 복도가 한 번 꺾이면서 밤눈에도 희뿌연 연못의 물이, 부드러운 곡선으로 가지를 뻗은 소나무 저편에 넓게 펼쳐진 것이 내다보이는 곳까지 왔을 때의 일입니다. 어디선가 가까운 방에서 사람들이 다투는 듯한 소리가 어지럽게, 그러나 묘하게도 조용히 내 귀를 놀라게 했습니다. 주위는 어디나 쥐죽은 듯 조용했고 달빛인지 안갠지조차 분간할 수 없는 가운데서 연못 속의 물고기가 뛰는 소리말고는 말소리 하나 들리지 않았습니다. 거기에 이 괴상한 소리가 나니 저는 문득 멈추어 서서 혹시 도둑이라도 들어온 것이라면 혼내줄 생각으로 살짝 미닫이 밖으로 숨을 죽이고 다가섰습니다.

13

그런데 원숭이는 제 거동이 아직도 성에 차지 않았는지 초조하다는 듯이 두세 번 내 발 둘레를 뛰며 맴도는가 싶더니 마치 목이라도 졸리는 듯한 소리로 울면서 느닷없이 내 어깨 위로 펄쩍 뛰어올랐습니다. 나는 급히 목을 뒤로 젖히면서 그 손톱에 걸려들지 않으려 하고, 원숭이는 스이칸의 소매를 물고늘어져 내 몸에서 떨어지지 않으려 하고, ——그 바람에 나도 모르게 두세 발을 휘청거리다가 그 미닫이에다 등을 세게 부딪쳤습니다. 저는 급히 미닫이를 열어제치고 달빛이 닿지 않은 안으로 뛰어들려고 했습니다. 그러나 그때 제 눈앞을 가로막은 것은 ——아니, 그보다는 동시에 그 방안에서 튕기는 것처럼 뛰어나오려고 하던 여자 때문에 깜짝 놀랐습니다. 여자는 갑자기 나타나자마자 하마터면 제게 부딪치려다가 그대로 밖으로 튀어나왔는데 왠지 더 달아나지 않고 거기에 무릎을 꿇고 숨을 헐떡이면서 제 얼굴을 무슨 무서운 것이라도 보는 것처럼 몸을 부들부들 떨면서 쳐다보는 것이었습니다.

그것이 요시히데의 딸인 것은 말할 필요도 없겠습니다. 그러나 그날 밤의 그 여자는 마치 사람이 달라진 것처럼 생기 넘치는 모습으로 보였습니다. 눈은 커다랗게 빛나고 있었습니다. 볼도 벌겋게 상기되어 있었을 것입니다. 게다가 단정치 못하게 흐트러진 옷차림이 평소의 앳된 인상과는 딴판의 요염함을 자아냈습니다. 이것이 참말로 저 연약한, 무슨 일에나 수줍어하는 요시히데의 딸일까. 저는 미닫이에 몸을 기대고 달빛 속에 있는 이 아름다운 처녀의 모습을 바라보면서 급히 도망쳐 멀어져가는 또 한 사람의 발소리를 손가락으로 가리키면서 누구냐고 조용히 눈으로 물었습니다.

　　그러자 그녀는 입술을 깨물면서 말없이 고개를 저었습니다. 그 모습이 또 참으로 분하다는 듯한 것이었습니다.

　　그래서 저는 다시 몸을 구부리고 그녀의 귀에 입을 가까이 대고 이번에는 "누구요?" 하고 작은 소리로 물었습니다. 그러나 역시 고개를 저을 뿐 아무 대꾸가 없었습니다. 아니 그와 함께 긴 속눈썹 끝에 눈물이 가득 고이면서 아까보다도 더 세게 입술을 깨무는 것이었습니다.

　　천성이 우둔한 저는 뻔히 알 수 있는 사실말고는 불행하게도 무엇 하나 눈치채지 못합니다. 그렇기 때문에 저는 어떻게 말을 걸 것인가도 모르고 한동안 처녀의 뛰는 가슴에 귀를 기울이는 기분으로 그자리에 꼼짝 않고 서 있었습니다. 게다가 이것은 왠지 그 이상 캐물어선 안 될 것 같은 죄의식을 느꼈기 때문이기도 합니다. 그런 상태가 얼마나 계속되었는지 모릅니다. 그러나 이윽고 열어젖힌 미닫이를 닫으면서 조금은 흥분이 가신 듯한 소녀를 돌아보며 "이제 방으로 돌아가시오" 하고 될수록 부드럽게 말했습니다. 그리고 저도 뭔가 보아서는 안 될 것을 본 것 같은 불안한 심경에 짓눌려 누구에겐지 모르게 부끄러운 생각이 들어 살며시 아까 왔던 쪽으로 되돌아가기 시작했습니다. 그러자 열 걸음도 못가서 또 누가 제 하카마 자락을 뒤에서 가만히 잡아끄는 것이 아닙니까. 저는 놀라서 뒤돌아보았습니다. 여러분은 그것이 무엇이었다고 생각하십니까?

보니까 내 발치에 저 원숭이 요시히데가 사람처럼 두 손을 땅에 짚고 금방울을 울리면서 몇 번이고 공손하게 머리를 숙이며 절을 하는 것이었습니다.

14

그런 일이 있은 지 보름쯤 뒤의 일이었습니다. 어느 날 요시히데가 뜻밖에 저택에 찾아와서 대영주님께 직접 뵐 것을 청했습니다. 천한 신분이었지만 평소 각별히 사랑받고 있었던 덕분이겠지요. 아무나 쉽게 만나시는 일이 없는 대영주님이 그날도 쾌히 승낙하시어 바로 어전으로 오라고 말씀하셨습니다. 그 사내는 여느 때와 마찬가지로 검노란 평상복을 입고 다 찌그러진 모미에보시를 쓰고 다른 때보다 더욱 찌푸린 얼굴로 공손히 어전에 엎드렸습니다만, 이윽고 쉰 목소리로 말했습니다.

"전부터 분부 말씀이 계셨던 지옥변의 병풍의 일이옵니다만 소인도 밤낮으로 온갖 정성을 기울여 붓을 든 보람이 있어서 이제 대충 완성된 것이나 한가지옵니다."

"그것은 경사로군. 나도 기쁘네."

그러나 이렇게 말씀하시는 대영주님의 음성에는 무슨 까닭인지 이상하게 힘이 없고 맥이 풀린 부분이 있었습니다.

"아니옵니다. 그것이 조금도 경사스럽지 않사옵니

다.”

요시히데는 좀 화가 난 듯한 모습으로 가만히 얼굴을 수그린 채,

“대강은 다 되었습니다만 다만 한 군데 아직도 저로서 아무래도 그리지 못하는 곳이 있습니다.”

“뭐, 그리지 못하는 곳이 있어?”

“그렇습니다. 저는 무엇이고 제 눈으로 본 것이 아니면 그리지 못하옵니다. 비록 그린다 해도 만족할 수가 없습니다. 그래 가지고선 못 그리는 것이나 마찬가지 아니겠습니까.”

이 소리를 듣자 대영주님의 얼굴에는 조소의 빛이 떠올랐습니다.

“그럼 지옥변의 병풍을 그리자면 지옥을 보지 않고는 안 되겠구나.”

“그러하옵니다. 하오나 소생은 몇 년 전에 대화재가 났을 때 염열지옥의 맹화와 같은 불길을 역력히 구경한 바 있습니다. 〈몸부림치는 부동명왕〉을 그린 것도 실은 그 화재를 보았기 때문입니다. 나리께서도 그 그림은 잘 알고 계실 것입니다.”

“그러나 죄인은 어떻게 하나, 옥졸은 본 일이 없으렷다.”

대영주님은 마치 요시히데가 한 소리가 귀에 들어오지 않은 것같이 이렇게 계속 물으셨습니다.

“소인은 쇠사슬에 묶인 자를 본 일이 있습니다. 괴조(怪鳥)에게 시달림을 받는 자의 모습도 자세하게 베

껐습니다. 또 옥졸은——"
하고 요시히데는 기분 나쁜 미소를 흘리면서,

"또 옥졸은 꿈결에 몇 번이고 제 눈에 비쳤습니다. 혹은 우두(牛頭), 혹은 마두(馬頭), 혹은 삼면육비(三面六臂)의 도깨비 형상이 소리 없는 손뼉을 치며 말이 나오지 않는 입을 열고 저를 괴롭히러 거의 매일밤 찾아온다고 해도 과언이 아닙니다. ——그러나 제가 그리려 해도 못 그리는 것은 그런 것이 아니옵니다."

이 말에는 대영주님도 아닌게아니라 놀라신 것이겠지요. 한동안은 그저 초조한 듯이 요시히데의 얼굴을 노려보고 계시더니 이윽고 눈썹을 험하게 찌푸리면서,

"그럼 대체 무엇을 그리지 못하겠다는 말이냐?"
하고 내뱉듯이 말씀하셨습니다.

15

"저는 병풍의 한가운데에다 비단 수레가 하늘에서 내려오는 것을 그리려고 합니다."

이렇게 말하면서 요시히데는 처음으로 얼굴을 들어 대영주님의 얼굴을 날카롭게 쳐다보았습니다. 그 사나이는 그림에 관한 일이라면 마치 미치광이처럼 된다고 들었습니다만 그때의 눈매에도 분명히 그런 매서움이 어려 있었습니다.

"그 수레 속에는 한 사람의 요염한 궁녀(宮女)가 불길 속에서 검은 머리카락을 날리면서 괴롭게 몸부림치는 것입니다. 연기에 숨이 막힌 얼굴로 눈썹을 찌푸리

고 몸을 뒤쳐 수레의 지붕을 쳐다보고 있을 것입니다. 손으로는 주렴을 잡아뜯고 떨어지는 불티를 막으려 할는지도 모릅니다. 그리고 수레 둘레에는 괴상한 독수리떼가 열 마리고 스무 마리고 부리를 딱딱거리면서 어지럽게 맴돌고 있는 것입니다. —— 아아, 그런데 우차(牛車) 속의 궁녀를 아무래도 그릴 수가 없는 것입니다.”

“그래서 ——어쨌다는 거냐?”

대영주님은 어찌된 까닭인지 갑자기 즐거운 듯한 기색으로 이렇게 요시히데를 재촉하셨습니다. 그러나 요시히데는 그 특유의 빨간 입술을 열이라도 오른 때같이 떨면서 꿈을 꾸는 듯한 얼굴로,

“그것을 저는 그릴 수가 없습니다.”

하고 다시 한 번 되풀이하더니 갑자기 물어뜯을 것같은 기세로,

“부디 비단 수레 한 대를 소인이 보는 앞에서 불태워주시면 고맙겠습니다. 그리고 혹시 될 수 있다면—.”

대영주님은 얼굴이 어두워지는가 싶더니 갑자기 커다란 소리로 웃기 시작하셨습니다. 그리고 자기 웃음에 숨이 막히시면서도 말씀하시기를,

“오오, 만사를 그대가 원하는 대로 해주겠노라. 할 수 있느냐, 없느냐 따지는 것은 시끄러운 일일 뿐이다.”

나는 그 말을 들으니 어쩐지 무서운 예감이 들었습

니다. 대영주님은 안색도 이상하고 입가에는 흰 거품
이 고여 있고 눈썹 가장자리에는 씰룩씰룩 경련이 일
고 있었으며, 마치 요시히데의 광기가 옮겨붙은 듯이
예사롭지 않았던 것입니다. 그리고는 잠깐 말을 끊으
셨다가는 바로 또 무엇인가 터진 것 같은 기운으로 그
침 없이 목을 울리고 웃으시면서,

"비단 수레에 불도 지르겠다. 또 그 안에는 요염한
여인을 하나 귀부인처럼 옷을 입혀 태우겠다. 불꽃과
검은 연기에 수레 안의 여인이 몸부림치며 죽어간다
—— 그것을 그리겠다고 생각하다니 과연 천하 제일의
화가로구나. 기특한지고, 오오 기특한지고."

대영주님의 말을 듣자 요시히데는 갑자기 얼굴에 핏
기를 잃고 숨이 차는지 입술만 움직이고 있다가 이윽
고 온몸의 근육이 한꺼번에 풀린 듯이 다다미 위에 털
썩 두 손을 짚고,

"고맙기 그지없는 일이외다"
하고 들릴 듯 말 듯한 낮은 소리로 공손하게 인사를
올렸습니다. 이것은 아마 자기가 생각하고 있던 계획
의 무서움이 대영주님의 말씀에 따라 역력히 눈앞에
떠올랐기 때문이겠지요.

나는 일생 동안 단 한 번, 이때만은 요시히데가 불
쌍한 인간으로 생각되었습니다.

16

　그로부터 2,3일이 지난 어느 날 밤의 일이었습니다. 대영주님은 약속대로 요시히데를 불러 비단 수레가 타는 장면을 눈앞에 보여주셨습니다. 그러나 이것은 호리카와의 저택에서 있었던 일이 아닙니다. 사람들이 흔히 유키게의 어소(御所)라고 부르는, 전에 대영주님의 누이동생이 사셨던 교외에 있는 어느 산장(山莊)에서 불태워졌습니다.

　이 유키게의 어소라는 곳은 오랫동안 아무도 살지 않은 곳으로 넓은 뜰도 거칠대로 거칠어져 있었습니다. 아마 그것은 이런 쓸쓸한 광경을 본 사람의 억측이겠지요. 여기서 돌아가신 누이동생의 신상에 관해서도 이런저런 소문이 생겨났으며 그 중에는 달이 없는 밤이면 밤마다 지금도 빨간 하카마가 땅에도 닿지 않게 복도를 걸어다닌다고 떠드는 자도 있습니다. 그것도 무리는 아닙니다. 낮에도 쓸쓸한 이곳은 일단 해가 넘어가버리면 뜰 안을 흐르는 물소리도 더욱 으스스하게 울리고 별빛 사이로 나는 푸른 백로도 괴물처럼 보일 만큼 기분이 좋지 않은 곳이니까요.

　마침 그날 밤 역시 달이 없는 깜깜한 밤이었습니다만 커다랗게 밝힌 불빛으로 보니 열어젖힌 마루에 자리를 잡으신 대영주님은 연노랑빛 평복에 짙은 보랏빛 무늬의 바지를 입으시고 흰 비단으로 테두리를 두른 둥근 좌석에 높다랗게 책상다리를 하고 앉아 계셨습니

다. 전후 좌우에는 측근자들이 대여섯 명 공손하게 늘
어서 있는 것은 특별히 말씀드릴 필요도 없겠지요. 그
러나 그 중 한 사람, 눈에 띄었던 것은 몇 년 전 미치
노쿠의 싸움에서 굶주린 나머지 사람 고기를 먹은 후
로 사슴의 뿔도 맨손으로 뽑아낼 만큼 기운이 세어진
무사가 몸에 갑옷을 두른 모습으로 칼을 어깨에서 등
으로 걸쳐 매고 마루 앞에 무섭게 버티고 있는 일이었
습니다. ──그것이 모두 밤바람에 한들거리는 불빛으
로 말미암아 밝게 혹은 어둡게 거의 꿈인지 생시인지
분간할 수 없는 광경으로 왠지 무시무시하게 둘러서
있는 것입니다.

　게다가 뜰에 끌어다 세워놓은 수레가 높은 천장을
드리워 묵직하게 어둠을 누르면서, 소는 없이 검은 멍
에를 비스듬히 걸쳐진 채, 황금빛 쇠붙이 장식물이 별
처럼 반짝이는 것을 보니 봄이라고는 하지만 어쩐지
으스스한 느낌이 들었습니다. 그런데 수레 안은 비단
으로 가장자리를 한 푸른빛의 발이 무겁게 드리워져
있어서 무엇이 들어 있는지 알 수 없었습니다. 그리고
그 둘레에는 잡역부들이 손에손에 활활 타는 횃불을
들고 연기가 마루 쪽으로 가지 않게 조심하면서 무슨
큰일을 기다리는 것처럼 대기하고 있었습니다.

　장본인인 요시히데는 좀 떨어져서 바로 마루 건너편
에 무릎을 꿇고 있었지만 여느 때처럼 검노란 평상복
에 찌그러진 모미에보시를 쓰고 하늘의 별 무게에 짓
눌린 것처럼 여느 때보다 작고 초라하게 보였습니다.

그 뒤에 또 한 사람 역시 비슷한 복장으로 쭈그리고 있는 것은 아마 데리고 온 제자 중 한 사람이기나 하겠지요. 그런데 마침 둘 다 어둑한 먼 곳에 웅크리고 있었기 때문에 내가 서 있었던 마루 앞에서는 옷 빛깔조차 잘 볼 수가 없었습니다.

17

시각은 그럭저럭 한밤중에 가까웠는가 봅니다. 정원의 숲과 못을 둘러싼 어둠이 조용히 소리를 죽이고 좌중의 기색을 엿보고 있다고 생각되는 가운데, 다만 희미하게 밤바람이 스쳐가는 소리가 나고 그때마다 횃불의 연기가 매캐한 냄새를 보내오고 있었습니다. 대영주님은 한동안 말없이 이 신기한 정경을 바라보고 계시다가 이윽고 무릎을 조금 앞으로 밀고 나오시더니,

"요시히데!" 하고 날카롭게 부르셨습니다.

요시히데는 뭐라고 대답을 한 것 같았습니다만 내 귀에는 다만 신음하는 듯한 소리로밖에 들리지 않았습니다.

"요시히데! 오늘 밤에는 그대의 소원대로 수레에 불을 질러 보이겠다."

대영주님은 이렇게 말씀하시고 옆에 서 있는 자들을 곁눈으로 보셨습니다. 그때 뭔가 대영주님과 측근의 몇 명 사이에는 의미 있는 미소가 오간 것처럼 보여지기도 했습니다만 이것은 어쩌면 제 착각이었는지도 모릅니다. 그러자 요시히데는 몹시 황송해하면서 고개를

들고 마루 쪽을 쳐다보는 것 같았습니다만, 역시 아무
말도 하지 않고 기다리고만 있었습니다.

　"잘 보라. 저것은 내가 평소 타고 다니는 수레니라.
너도 알고 있으렷다. 나는 ——이 수레에다 지금부터
불을 질러 눈앞에다 염열지옥을 만들어낼 참인데."

　대영주님은 또 말을 끊으시고 측근자에게 눈짓을 하
셨습니다. 그리고는 갑자기 쓸쓸한 어조로,

　"이 속에는 죄지은 시녀 하나가 묶인 채 실려 있다.
그래서 수레에 불을 지르면 필시 그 계집은 살이 타고
뼈가 타고 사고팔고(四苦八苦)의 최후를 마치리라. 그
대가 병풍를 그리는 데는 다시없이 좋은 본보기가 될
것이다. 눈같이 흰 살결이 타서 짓무르는 것을 놓치지
말고 보렷다. 검은 머리카락이 불티가 되어 날아오르
는 꼴도 잘 보아두라."

　대영주님은 세번째로 입을 다무시고 무엇을 생각하
셨는지 이번에는 어깨만 흔들 뿐 소리도 내지 않고 웃
으시면서,

　"평생 두번 다시 볼 수 없는 구경거리가 될 것이다.
나도 여기서 구경하겠다. 자아, 발을 올리고 요시히데
에게 그 안의 여인을 보여주려무나."

　그 말씀이 떨어지자 잡역부 하나가 한 손에 횃불을
높이 치켜들면서 성큼성큼 수레에 다가가서 재빠르게
한 손을 뻗쳐 발을 스르륵 올려보였습니다. 후드득거
리며 타고 있는 횃불의 빛은 한동안 더욱 빨갛게 흔들
리면서 대번에 좁은 수레 안을 환히 비춰주었습니다만

좌석 위에 무참하게 쇠사슬로 묶여 있는 여인은 ——
아아, 그 누군들 알아보지 못하겠습니까. 눈부시게 수
놓은 벚꽃빛 당의(唐衣)[5]에 흘러내린 검은 머리도 요염
하고 비스듬히 기운 금비녀도 아름답게 빛나고 있었지
만, 옷차림은 다르지만 작은 몸매는, 재갈에 물린 목
덜미나 저 쓸쓸할 만큼 정숙한 옆모습은 요시히데의
딸임에 틀림없었습니다. 나는 하마터면 소리를 지를
뻔했습니다.

　그때였습니다. 나와 마주보고 있던 무사는 서둘러
몸을 일으켜 칼자루를 한손으로 잡으면서 매섭게 요시
히데 쪽을 노려보았습니다. 그것에 놀라서 보니까 그
는 반은 정신이 나간 듯했습니다. 지금까지 땅에 웅크
리고 있다가 갑자기 뛰어 일어나더니 두 팔을 앞으로
뻗친 채 수레 쪽으로 자기도 모르게 달려가려고 했습
니다. 다만 아까도 말씀드린 대로 멀리 그늘진 곳에
있었기 때문에 얼굴 표정은 잘 볼 수가 없었습니다.
그러나 그것도 일순간뿐이고 핏기를 잃은 요시히데의
얼굴이, 아니 마치 뭔가 눈에 보이지 않는 힘이 공중
으로 끌어올린 것 같은 요시히데의 모습이 대번에 어
둠을 벗어나 역력히 눈앞에 떠올랐습니다. 딸을 실은
비단 수레가 "불을 당겨라" 하는 대영주님의 말씀과
동시에 잡역부들이 던진 횃불에 휩싸여 활활 타오르기
시작한 것입니다.

18

불은 금세 수레의 지붕을 휩싸버렸습니다. 차양에 달린 보랏빛 술이 바람에 불리는 것처럼 휙 펄럭이더니 그 아래에서 밤눈에도 허연 연기가 뭉게뭉게 소용돌이치며 혹은 주렴이, 혹은 곁면, 혹은 들보의 금붙이들이 한꺼번에 부서져 나가는가 싶게 불티가 빗줄기처럼 튀어오르는——그 무시무시한 광경은 뭐라 표현할 길이 없었습니다. 아니 그보다도 뻘건 혀를 날름거리며 수레의 창살에 휘감기면서 중천에까지 치솟는 매서운 불꽃의 빛깔은 마치 해가 땅에 떨어져 천화(天火)가 흩어진 것 같다고나 할까요. 아까는 소리칠 뻔했던 저도 이제는 혼이 나가서 그저 멍하니 입을 벌린 채 이 무서운 광경을 지켜볼 수밖에 없었습니다. 그러나 아비인 요시히데는 ——.

그때의 요시히데의 표정은 지금도 잊을 수가 없습니다. 정신 없이 수레 쪽으로 달려 나가려던 그는 불이 타오름과 동시에 발을 멈추고 역시 팔을 뻗친 채 파고들 것 같은 눈초리로 수레를 휩싼 화염을 바라보고 있었습니다. 온몸을 비춰주는 불빛으로 주름투성이의 보기싫은 얼굴이 수염 끝까지 보였습니다. 하지만 그 부릅뜬 눈이라든지, 일그러진 입술 언저리라든지, 혹은 그침 없이 씰룩거리는 볼의 떨림이라든지, 요시히데의 마음에 교대로 드나드는 무서움과 슬픔과 놀라움들이 역력히 얼굴에 나타났습니다. 목이 잘리기 전의 도둑이라도, 혹은 시왕청(十王廳) 앞에 끌려나온 극악무도한 죄인이라도 그렇게까지 괴로운 얼굴은 아니었을 것입니다. 이것을 보고는 저 항우 같은 무사도 얼굴빛이 새파래져서 겁먹은 듯한 표정으로 대영주님의 얼굴을 쳐다보았습니다.

그러나 대영주님은 굳게 입을 다문 채 가끔 기분 나쁜 웃음을 띄우면서 눈도 떼지 않고 수레 쪽을 바라보고 계셨습니다. 그리고 그 수레 안에는 —— 아아, 나는 그때 그 수레 안에 있는 처녀의 어떤 모습을 보았는지, 도저히 그것을 자세히 말씀드릴 용기가 나지 않습니다. 저 연기에 숨이 막혀 뒤로 젖힌 하얀 얼굴, 불길을 떨쳐내느라 흐트러진 긴 머리카락, 그리고 또 순식간에 불길에 휩싸인 벚꽃빛 당의의 아름다움 —— 그것은 얼마나 무참한 광경이었습니까. 게다가 밤바람이 한차례 지나가면서 연기가 저쪽으로 가버렸을 때 빨간 빛깔 위에 금가루를 뿌린 것 같은 불길 속에 뚜렷이 드러나보이는, 물린 재갈을 깨물면서 몸을 묶은 쇠사슬도 끊어져라고 몸부림을 치는 광경은 지옥의 업고(業苦)를 눈앞에 펼쳐놓은 듯싶어 나는 물론 거기 있던 장사들도 저절로 몸서리가 쳐졌습니다.

그러자 그 밤바람이 또 한차례 뜰에 둘러선 나무 위를 휙 지나간다 ——고 누구나 생각하였을 것입니다. 그런 소리가 어두운 하늘을 어딘지 모르게 스쳤다고 생각되자 갑자기 무언가 까만 것이 땅에 닿지도 않고 하늘을 날지도 않으며 공처럼 뛰면서 높은 지붕에서 한창 불타는 수레 속으로 일직선으로 뛰어들었습니다. 그리고 붉게 칠한 것 같은 창살이 투덕투덕 떨어지며 타는 속에서 뒤로 젖힌 소녀의 어깨를 안고 비단을 찢는 듯한 날카로운 소리를 뭐랄 수 없게 괴로운 듯이 연기 밖으로 길게 내보냈습니다. 연달아 두 번, 세 번 ──우리는 자기도 모르게 악 하고 일제히 외쳤습니다. 장막 같은 불길을 뒤로 하고 소녀의 어깨에 달라붙어 있는 것은 호리카와의 저택에 매놓았던 저 요시히데라는 이름의 원숭이였던 것입니다.

19

그러나 원숭이의 모습이 보인 것은 눈깜짝하는 동안이었습니다. 황금 가루 같은 불티가 한차례 하늘로 확 치솟는가 했더니 원숭이는 물론 딸의 모습도 검은 연기 밑바닥에 잠겨버렸고 뜰 한가운데에는 그저 한 대의 불수레가 무서운 소리를 내며 타오르고 있을 뿐이었습니다. 아니 불수레라기보다는 불기둥이라고 하는 것이 저 하늘의 별을 찌르며 타오르는 무서운 불길의 광경에 알맞을지도 모릅니다.

그 불기둥을 눈앞에 보면서 굳어버린 것처럼 서 있는 요시히데는 ──그것은 얼마나 이상한 일입니까. 아까까지는 지옥의 책고(責苦)에 괴로워하는 것 같았던 요시히데가 지금은 뭐라 말할 수 없는 빛을, 마치 황홀한 법열(法悅)의 빛을 주름투성이인 얼굴 가득 띠우면서 대영주님의 어전인 것도 잊었는지 가슴에 팔짱을 꼭 끼고 서 있는 것이 아닙니까. 그것이 아무래도 그의 눈에는 딸이 몸부림치며 죽어가는 모습이 보이지 않는 것 같았습니다. 오로지 아름다운 불길의 빛깔과 그 속에서 괴로워하는 여인의 자세가 한없이 마음을 기쁘게 하는 ——그런 모습으로 보였습니다.

더욱 이상한 것은 그가 자기 외동딸의 단말마를 즐거운 듯이 바라보고 있었다는 그것뿐이 아닙니다. 그때의 요시히데는 왠지 인간으로 생각되지 않는, 꿈에 보는 사자왕(獅子王)의 노여움을 닮은 기괴한 엄숙함이 있었습니다. 그렇기 때문에 불의의 불길에 놀라서 울고 떠들며 날아다니는 수많은 밤새들조차 기분 탓인지 요시히데의 모미에보시 둘레에는 한 마리도 가까이 오지 않는 것 같았습니다. 무심한 새의 눈에도 아마 그의 머리 위에 원광처럼 걸려 있는 이상한 위엄이 보였던 것이겠지요.

새마저 그러했습니다. 하물며 우리들은, 심지어 잡역부까지도 모두 숨을 죽이고 요시히데가 몸을 떨 것처럼 기이한 기쁨에 차 있는 것을 마치 생불(生佛)이라도 보는 것처럼 눈도 떼지 않고 바라보고 있었습니다. 하늘을 온통 뒤덮은 수레의 불길과, 그것에 혼을 빼앗긴 채 꼼짝 않고 서 있는 요시히데와 ——그것은 얼마나 큰 장엄, 얼마나 큰 환희입니까.

그러나 그 중에는 단 한 사람, 마루 위의 대영주님만큼은 마치 딴사람인가 싶게 얼굴빛이 창백해지고 입 언저리에 거품을 물고서 보랏빛 바지의 무릎을 두 손으로 꽉 붙잡고 마치 목이 마른 짐승같이 계속 헐떡거리고 계셨습니다.

20

　그날 밤 유키게의 어소에서 대영주님이 수레를 불태우신 일은 누구의 입에서랄 것도 없이 온 세상에 퍼져나갔습니다만, 그것에 대해서는 꽤나 여러 모로 비판을 하는 자도 있었던 것 같습니다. 우선 첫째로 왜 대영주님이 요시히데의 딸을 태워 죽이셨느냐, ──이것은 이루지 못한 사랑의 원한에서 그랬다는 소문이 제일 많았습니다. 그러나 대영주님의 뜻은 수레를 태우고 사람을 죽여서까지라도 병풍의 그림을 그리겠다는 한 화가의 그릇된 생각을 혼내줄 심산이셨음이 틀림없었습니다. 실제로 저는 대영주님 자신이 그렇게 말씀하시는 것을 들은 일도 있었습니다.

　그리고 저 요시히데가 눈앞에서 딸이 타죽고 있는데도 병풍의 그림을 완성시키려는 목석과 같은 마음이 역시 많은 사람들의 입에 오르내리게 된 것 같습니다. 개중에는 그를 욕하여 그림을 위해서는 부녀간의 천륜마저 잊어버리는 인면수심(人面獸心)의 괴물이라고까지 하는 자도 있었습니다. 저 요카와의 스님도 그런 생각에 편드시는 한 분으로서, "아무리 일예일능(一藝一能)에 뛰어나더라도 사람으로서 오상(五常)을 잃으면 지옥에 떨어질 수밖에 없다"고 말씀하셨던 것입니다.

　그런데 그 뒤 한 달쯤 지나서 드디어 지옥변의 병풍

이 완성되자 요시히데는 즉시 그것을 저택으로 가져가서 공손하게 대영주님께 보여드렸습니다. 마침 그때 요카와의 스님도 함께 계셨지만 주욱 펼쳐진 병풍의 그림을 한 번 보시더니 과연 저 일첩(一帖)의 천지에 불어제치는 불 바람의 무서움에는 놀라셨던 게지요. 그때까지 찌푸린 얼굴로 요시히데를 노려보시기만 하더니 자기도 모르게 무릎을 탁 치면서, "훌륭하다!"고 말씀하셨던 것입니다. 이 말을 들은 대영주님께서 쓴 웃음을 지으시던 모습은 지금도 잊을 수가 없습니다.

그 이후 그 화가를 나쁘게 말하는 자는 적어도 저택 안에는 거의 한 명도 없게 되었습니다. 누구나 저 병풍을 보는 자는 평소에 아무리 요시히데를 미워했더라도 이상하게 엄숙한 마음이 일어나 염열지옥의 대고간(大苦艱)을 느끼게 되기 때문일까요.

그러나 그렇게 된 무렵에는 요시히데는 이미 이 세상 사람이 아니었습니다. 그것도 병풍을 완성한 이튿날 밤에 자기 방의 들보에 줄을 걸어 목을 매달고 죽은 것입니다. 외동딸을 앞세운 그는 아마 편안하게 살아가기가 견딜 수 없었던 것이겠지요. 시체는 지금도 그의 집터에 묻혀 있습니다. 그런데 조그만 묘석(墓石)은 그 뒤 몇십 년의 비바람에 씻겨서 벌써 오래 전에 누구의 묘였는지조차 모르게 이끼가 끼어 있음에 틀림없을 것입니다. *

1) 교토(京都) 시내의 지명.
2) 일본 옷의 겉에 입는 주름잡힌 하의. 소녀도 입음.
3) 나라현(良縣), 다카시군(高市郡)에 있는 직언종(直言宗)
   의 절.
4) 인간처럼 생긴 심산의 괴물로 얼굴이 붉고 코가 크며
   하늘을 날아다닌다고 함.
5) 일본 중세 부인의 예복으로 웃옷 위에 입는 짧은 옷.

연　보

1892년 3월 1일, 도쿄시 교바시쿠(京橋
區) 이리부나마치(入船町)에서 아
버지 니하라 도시조(新原梅三),
어머니 후쿠의 장남으로 태어나
다. 아버지는 야마구치현(山口縣)
출신으로 목장을 경영했다. 어머
니는 아쿠타가와 가(家)에서 시집
왔다. 이 해 말에 어머니 후쿠가
정신이상을 일으켰기 때문에 류노
스케는 아쿠타가와 가에 양자로
들어갔다. 아쿠타가와 가는 수십
대가 계속된 사족(士族)으로서 양
부(養父)인 미치아키(道章)는 당
시 도쿄부(東京府)의 토목과(土木
課)에 근무하고 있었다. 아쿠타가
와 가에는 어머니의 언니 후키가
독신으로 있었으며 류노스케의 양
육은 이 이모에게 맡겨졌다.

1897년 유치원에 들어감.

1898년 고토(江東) 소학교에 입학. 병약
하였지만 성적은 우수.

1901년 처음으로 〈낙엽을 태우며 나뭇잎
의 신을 본 밤이여〉란 하이쿠(俳
句)를 지었다.

1902년 회람잡지 《일출계(日出界)》를 동
급생들과 내어 스스로 편집하고
문장도 발표. 생모 후쿠 사망.

1904년 아쿠타가와 가에 정식으로 입양.

1905년 고토소학교 고등과 3년 수료. 도
쿄 부립(府立) 제3중학교 입학.
독서욕 더욱 왕성해짐.
1910년 제1고등학교에 성적우수로 무시험
입학. 같은 학교에 기쿠치 간(菊
池寬), 구메 마사오(久米正雄),
마쓰오카 유즈루(松岡讓), 야마모
토 유조(山本有三) 등이 있었다.
1911년 독서욕, 지식욕 더욱 왕성. 기독
교에 대한 관심도 갖다.
1913년 도쿄 대학 영문과에 입학. 창작
의욕도 왕성해지다.
1914년 제3차 《신사조(新思潮)》를 급우들
과 발간. 처녀작 소설 〈노년(老
年)〉, 희곡 〈청년의 죽음〉을 《신
사조》에 발표.
1915년 급우의 고향에 여행하여 〈송강인
상기(松江印象記)〉를 《마쓰히신보
(松陽新報)》에 발표. 〈나생문(羅
生門)〉을 《제국문학(帝國文學)》에
발표했으나 묵살되었다.
1916년 〈코〉가 나쓰메 소세키의 칭찬을
받다. 도쿄 대학 영문과를 졸업.
요코스카 해군기관학교의 촉탁 교
관이 되다.
1917년 단편집 《나생문》 간행. 제2단편집
《담배와 악마》 간행.
1918년 쓰카모토 후미코(塚本文子)와 결
혼. 가마쿠라로 옮겨가 이모 후키
와 함께 청년기를 보냄. 〈지옥변

(地獄變)〉, 〈거미줄〉 등을 발표.

1919년 제3단편집 《괴뢰사(傀儡師)》 간
행. 실부 니하라 도시조 사망. 오
사카 마이니치(大阪每日) 신문사
사원이 되다. 도쿄의 집으로 옮겨
와 작가생활에 전념하면서 문인들
과 넓은 교제를 갖다.

1920년 제4단편집 《영등롱(影燈籠》 간행.
장남 탄생. 〈두자춘(杜子春)〉 발
표.

1921년 오사카 마이니치 신문사에서 해외
시찰원으로 중국에 파견, 여행 후
건강이 나빠지고 신경쇠약 격화.

1922년 〈덤불 속〉, 〈밀차〉를 발표. 수필
집 《점심(點心)》 간행. 차남 탄
생. 신경쇠약, 위경련, 심계항진
(心悸亢進) 등의 병이 계속.

1924년 제 7 단편집 《황작풍(黃雀風)》 간
행. 제 2수필집 《백과(百科)》 간
행. 건강상태 악화.

1925년 3남 탄생. 창작 활동이 쇠퇴해짐.

1926년 요양을 다녔으나 불면증이 심해져
수면제의 복용이 많아지다. 자살
을 기도하고 분열증이 나타나다.

1927년 요양시에서 놀아오다. 여러 작품
을 발표하고 문학사의 논쟁에 참
여. 문학강연 여행도 가다. 7월
24일 자택에서 수면제의 치사량을
복용하고 36세의 나이로 자살.

■ 옮긴이 소개

수필가. 번역문학가. 충남 금산 출생.
월간《수필문학》추천으로 문단에 데뷔.
한국 수필가협회, 한국문인협회 회원.
저서 수필집《노을 속에 피는 언어들》,
역서《길은 여기에》《이 질그릇에도》《살며 생각하며》
　　《자연과 인생》《유태인의 상술》《유태인의 성공법》등이 있음.

나생문(외)

초판 1쇄 발행 / 1977년　5월　5일
초판 3쇄 발행 / 1982년 12월 30일
　2판 1쇄 발행 / 1993년　3월 30일
　3판 1쇄 발행 / 1998년 10월 15일
　4판 1쇄 발행 / 2008년　9월　5일
　5판 1쇄 발행 / 2018년　8월 10일

지은이 / 아쿠타가와 류노스케
옮긴이 / 진　웅　기
펴낸이 / 윤　형　두
펴낸곳 / 범　우　사

등록번호 / 제406-2003　000048호
등록일자 / 1966년 8월 3일
주소 / 10881 경기도 파주시 광인사길 9-13 (문발동 525-2)
전화 / 031-955-6900~4, 팩스 / 031-955-6905

ISBN 978-89-08-06110-1 04800 (인터넷)www.bumwoosa.co.kr
　　　978-89-08-06000-5 (세트) (이메일)bumwoosa1966@naver.com

배낭속의 친구
「범우문고」
각권 값 2,800원
▶전국 서점에서 낱권으로 판매합니다
▶계속 출간됩니다